故乡

GU XIANG

有棵木子树

YOU KE MU ZI SHU

刘景岗 著

团结出版社

UNITY PRESS

总想回到度过年少时光的那块地方去看看

图书在版编目(CIP)数据

　　故乡有棵木子树 / 刘景岗著. -- 北京 : 团结出版
社, 2024.6
　　ISBN 978-7-5234-1008-0

　　Ⅰ.①故… Ⅱ.①刘… Ⅲ.①散文集－中国－当代
Ⅳ.①I267

　　中国国家版本馆 CIP 数据核字(2024)第 101366 号

故乡有棵木子树

统筹策划 : ⓒ 玉娇龍传媒
责任编辑 : 郭　强
装帧设计 : 黄晓姝

出　　　版 : 团结出版社
　　　　　　(北京市东城区东皇城根南街 84 号　邮编 : 100006)
电　　　话 : (010)65228880　65244790(出版社)
网　　　址 : http://www.tjpress.com
E - m a i l : zb65244790@vip.163.com
经　　　销 : 全国新华书店
印　　　装 : 三河市金兆印刷装订有限公司

开　　　本 : 145mm × 210mm　32 开
印　　　张 : 7.5
字　　　数 : 165 千字
版　　　次 : 2024 年 6 月　第 1 版
印　　　次 : 2024 年 6 月　第 1 次印刷

书　　　号 : 978-7-5234-1008-0
定　　　价 : 78.00 元

一蓑烟雨任平生

——读刘景岗校友散文集有感

樊星

这些年，许多同龄人都到了荣休时候。曾经担任过领导职务的刘景岗校友从写作人生的回忆中找到了新的乐子，积少成多，编成此集。读过以后，受益良多。

我们是同龄人，都经历过困难时期。然而，我还是从这位校友的回忆中了解到许多闻所未闻的人生悲欢：从父母、岳母的坎坷往事到苦中作乐的精神（如《母亲》《岳母》），都写出了苦难中的前辈活得艰难也活得值得的真真切切，很不容易，令人想起许许多多普通人在苦难中从家庭生活中汲取力量、在亲情与友情中营造小小欢乐的共同体验。苦中作乐，算不算"阿Q精神"？可是，庄子、陶渊明、李白、苏东坡这些士大夫不是都以自己洒脱的活法表明：苦中作乐也是我们民族生存、生活的精神底气吗？多年前，我曾经发表过一篇《当代文学与庄子》（发表于《南京师范大学文学院学报》2004年第1期），其中就曾论及："杂文家、诗人聂绀弩就在苦难中体会到：'阿Q气是奴性的变种，当然是不好的东西，但人能以它为精神依靠，从某种情况下活过来，它又是好东西。"他还在

《聂绀弩自叙》中回忆了当年一批文化名人在"右派"劳改队里"干得欢,吃得欢,玩得欢,讲自己如何被划为右派的经历讲得欢"的精神状态,令我大开眼界。还有诗人流沙河,也在他的回忆录《锯齿啮痕录》中谈到,能够在历次政治动乱中忍辱负重活下来,与他"一贯地苟且偷安,心存幻想,遇事总爱做乐观的预测"的个性有关,也与他爱读《庄子》,善于以阿Q精神化解苦闷有关。这些回忆与有关陶渊明、李白、苏东坡的传记一起,丰富了我们对于生命坚忍与苦中作乐活法的理解。这样的活法在生活中一直都在。而景岗校友的有关回忆读来也给人以"哀而不伤""怨而不怒"、苦涩中有温情、痛楚中有慰藉的五味俱全感,显然与此有关。与此形成对比的,则是那些在磨难中绝望、自我了断或者麻木、沉沦的身影(如《故乡的木子树》中那位仅仅因为风言风语就彻底绝望的李一民,没想到死后居然漂来了望眼欲穿的中专录取通知书;还有《湮没》中那几位遭遇了"红颜劫""小人劫""时运劫""禀赋劫""邪欲劫"的不幸者)。由此可见,能够做到苦中作乐并不容易。千变万化的偶然常常决定千奇百怪的命运。作者记录了自己的阅历,也就寄寓了对于人生的独到观察与思考。

平常生活中,大家的日子似乎都平平淡淡。然而,每个人的心中都会记得一些不平凡的人与事。那些人与事的印象特别深刻恰恰表明,平平淡淡中也有难以忘记的真切体验。在这本散文集中,《永不消失的眷念》《岁月如歌》因此令人难忘。前一篇对于亡友的追忆,始于温馨的回忆,却终于感伤的咏叹,历历往事,娓娓道来,充满了对于缘分、小伙伴友谊、命运不公的感慨;后一篇回首坎坷年代里的师生情,易老师在饱经磨难后还能向学生坦言"尽管我已离人生的理想渐行渐远,但我不后悔……不管世道如何变迁,你始终记住,不要人云亦云,随波逐流,你一定要学会思考,用自己的头脑去思考,用自己的眼光去判断,用自己的作为来体现担当"，充分显示出平民百姓虽然身处逆境，却仍能坚守"威武不能屈，贫贱不能移"的坚强精神。这精神，与苦中作乐的精神，一直是支撑无数善良的人们熬过苦难、度过问心无愧的一生的牢固支柱。因此可以使人感慨：生活改善以后，好些人却莫名其妙陷入了"活着的意义是什么"的困境；而曾经在底层吃过苦、受过罪的人们，有不少却能坚守做人的准则，不计得失，甘之如饴。人生的得失，甘苦寸心知！还有那篇《快乐的回馈》，通过为人排忧解难的经过串联起几十年的情感波澜，将苦难年代动辄得咎的恐惧、幸逢好人化险为夷、时过境迁命运逆转、真诚回报皆大欢喜表现得曲折有致、曲尽其妙，颇有传奇意味，也揭示了"善有善报"的并不虚幻。回首平生，有的人因为经历了太多的坎坷而心灰意冷，不相信"善有善报，恶有恶报"；也有人幸运得到过贵人的相助、绝处逢生、苦尽甘来，因此笃信"善有善报，恶有恶报"。命运千差万别，体验各不相同。但凡得到过刻骨铭心的亲情、友情，在关键时刻能够逢凶化吉、遇难成祥的人们，都常怀感恩之心。

厄运中努力苦中作乐，人海中努力寻找同甘共苦的同路人、惺惺相惜的知音——这是一直回荡在这本集子中的主旋律，也是无数有过底层体验、对命运的点滴甘露也心存感念的人们生存、发展的精神动力。景岗校友经历过长时间的磨难和打拼，能够从底层一步步走向生命的成熟、壮大，甚至能够将突如其来的恶意中伤也化作自强不息的动力（如《往事如烟》中那段刻骨铭心的经历），都体现出艰难时世中淳朴人情与良好心理素质的常在不虚。由此可见，这本集子既是作者的人生记忆，也具有励志的力量。读这样的文字，我常常会情不自禁地想到我经历过的许多往事——那些苦中作乐的时刻，那些帮助过我的亲人、师友、同事，甚至萍水相逢的路人……感恩之情，因此常在心中，化作好好生活、积极进取、助人为乐的精神动力。我也因此感到充实、幸运。

苏东坡诗云："一蓑烟雨任平生……回首向来萧瑟处，归去，也无风雨也无晴。"苏东坡一生多灾多难，也风流倜傥，因此成为无数文人墨客的楷模。林语堂称之为"快乐的天才"（《苏东坡传》），意味深长。其实，许多平民百姓也是在风风雨雨中相濡以沫、艰难困苦也奋斗不止中度过了充实、无愧的人生。这世界的变化有时难以理喻，但仍然有许多人"任凭风浪起，稳坐钓鱼船"，不论何时何地，都能充实地生活、为善一生。

期待景岗校友"百尺竿头更进一步"，写出更多的佳作来！

2023 年 8 月 4 日凌晨于武昌

目录
CONTENTS

母亲

一

2007年2月26日，我的母亲吴维林安然离开了这个世界，享年83岁。

这些年，母亲常在我梦中出现，唤着我："儿啊，姆妈想你！"我在梦中回应着母亲的呼唤，泪沾湿了枕头……

儿时，在母亲不经意的叙述中，我脑海里时常出现这样一个画面：贵州老家长春堡镇一间偌大瓦房的厢房内，有一个盛满银圆的盘子，少女时代的母亲常常悄悄溜进去，随手拿两块银圆，喜滋滋地跑到小镇上，去买那些可口的小吃、精美的衣服、有趣的小玩具。花完钱后，她回到家里，细细打理被风吹乱的头发……

如果一艘船即将远航，船主一定会充分地保养好船只，备足燃料、水、饮食，加固桅杆，整理好风帆，再安然出海。然而，我的母亲在正式踏上她的人生之旅前全然没有任何准备，她在一个富足家庭里过着衣来伸手、饭来张口的无忧无虑的生活。抗日战争全面爆发时，母亲刚踏进初中的门槛，她果断地去了贵州第九修道院学习护士专业，准备去前线照顾抗日的伤兵。

后来经姨妈介绍，她认识了姨夫的战友——正在当汽车兵的父亲。两人相见恨晚，很快坠入爱河。母亲不顾家里人的强烈反对，毅然与比她年长12岁的父亲结婚了。她抗争得非常激烈，没有任何嫁妆，没有家人支持，但她依旧坚定地选择了父亲。

母亲仿佛一叶孤舟，被不经意地抛进了波涛汹涌的大海。她无法预知未来，也无从知晓以后有多少险滩暗礁、狂风巨浪、腥风血雨在等着她，但她已无从选择，开启了她历尽艰辛的人生之旅。

二

母亲遭遇人生的第一道坎是婚后不久。

父亲突然间吃了官司，被关押入监。原因是父亲与战友运送武器去前线，途中被一股地方武装劫持。战友逃之夭夭，而家庭的牵绊使父亲无法逃避，他只身回到部队的营地（当时在云南）投案自首，被关押了。当时才18岁的母亲表现出超乎年龄的冷静与理性，她四处打听，找到负责此案的一位团长，将自己从家里带出来的唯一一对金手镯送给团长，请求他能够合理审判，洗清父亲的冤屈，将父亲救赎出狱。在母亲的帮助下，父亲很快出狱，并重新开始作为主驾驶，奔驰在滇缅公路上。

母亲遭遇的人生第二道坎，是父亲只身奔赴湖北，只剩下她和儿女在湖南汨罗老家。

新中国成立后，父亲按复员政策，回到了湖南汨罗老家。父亲感到家乡发展空间太小，主动报名参加全国技术工人招聘，被录用后统一分配到了湖北，从事农业机械的技术工作，而母亲和孩子们则留置在湖南。当时处境非常艰难，据母亲回忆，她不会种地,孩子又小,都不足十岁,基本上没有生活来源,仅靠父亲偶尔寄点钱过来勉强度日。亲戚们也因我们家一贫如洗而漠视不管。当时通讯不发达,父亲辗转在湖北应城、荆州、沔阳等地,居无定所,与家里音信难通。历经无数的委屈与磨难,母亲却无处倾诉。终于有一天,母亲收拾了一下本来就不多的行李,将行李垫在两个箩筐底部,叮嘱哥哥姐姐:"我们明天去湖北找爸爸!"

那一天,风和日丽,初春的暖阳早早洒向大地。身材矮小的母亲挺着笔直的脊梁,她肩挑一担箩筐,一个筐里放着我的大姐,一个筐里放着我的二姐,手里牵着我的大哥,迈着缓慢却坚实的步伐,顺着崎岖的山路,向汨罗县汽车站走去。

一整天,走了三十华里的路后,我的母亲终于搭上了开往湖北荆州的长途汽车。

我至今都无法想象瘦弱的母亲是靠什么力量走完那崎岖的山间小路,去到江汉平原。我不能不佩服母亲,我佩服母亲骨子里的那份豁达与果敢!

三

生活对我的母亲来说,是艰辛的。

不难想象,大家闺秀出身的母亲早年对于生存和生活是缺少概念的,及至亲身体验养家糊口时,才知道生活的艰辛。当时有五个孩子需要养活,而生活来源仅有父亲 50 元的工资,加上母亲极不善于理财,父亲的工资通常只能支撑家里半个月的开销。

那时沔阳县沙湖镇有一项副业——编芦席。为了生计,我们全家都投入到这项副业中了。

编芦席的程序是这样的,在居委会领到从分洪道收割起来的芦苇,领回来后的第一道工序是梭芦(用一种特制的工具将芦苇从头至尾划出一道缝），第二道工序是锤芦，将每根芦苇锤扁，顺着梭的缝隙将芦苇展开成一块篾片；第三道工序是将锤好的篾片编成用户需要的大小规格的芦席。那时每批领十捆芦苇，弄得好可赚六七元钱，如果一个月领三到四批芦苇，这对一个家庭来说是一笔不小的收入。

我们全家，尤其是母亲几乎是全身心地投入到这项创收活动中了。家里有分工，梭芦是我的事，母亲的主要任务是锤芦，编芦席的是我的小姐姐。

在我少年的记忆里，无论春夏秋冬，每天早上五点左右，我就会被母亲有节奏的锤芦声唤醒。她无怨无悔地做着那机械的锤芦动作。

锤芦最容易伤到手，芦苇展开成篾片后，边缘是十分锋利的，一不小心就会把手指划伤。芦苇有许多细小而锋利的纤维，这些纤维很容易刺入手指、手掌，严重时，血流不止，疼痛难忍。

记得有一天早晨，母亲将我从迷迷糊糊的睡梦中叫醒，着急地说："快拿根缝衣针帮我把扎在拇指上的刺挑出来！"我揉了揉惺忪的眼，赶快拿了根针过去，捧起了母亲的手。

那是怎样的一只手啊！手心手掌是一层厚厚的茧；因为长期接触浸泡芦苇的污水，掌纹是黑色的，仿佛被一张黑色的网箍着；手心手指满是伤痕。我两眼一酸，泪夺眶而出。

光靠父亲的工资与编芦苇席的收入，依然无法维持我们一家人的正常开支，而且芦苇的领取相对紧张，一户人家是无法持续领到的。

为了生存，母亲几乎什么活都做过。记忆中，她做小工（为泥瓦匠提灰桶、抛砖瓦），到砖瓦厂做过搬运，到外滩采摘芦苇叶到市场上去卖等等。

有一年，她听说建筑工地需要青沙，两块钱一个立方，就与几个邻居去通顺河边挖青沙。

青沙夹杂在黄土之间,如果将盖在青沙上的黄土挖掉再采沙,那工夫太大,得不偿失。那时,一般采沙的就是将有沙的一厚层往里掏,掏得很深,人站在掏沙坎内,头顶着黄土,一簸箕一簸箕地将沙往外送。

有一天,邻居陈阿姨气喘吁吁地跑过来告诉我:"不好了,不好了,吴伯(我母亲)被埋在土里啦!"这句话像一个惊雷打在我心上,我拼命地往河边赶。万幸的是当我跑到现场时,母亲已经被几个人从倒塌的沙坎中挖了出来。听着母亲痛苦的呻吟,我心如刀绞。

好长一段时间,母亲躺在床上无法动弹。她断然拒绝家人的寻医问药——无论如何她是舍不得花钱看病的。一个星期后,母亲才能重新下床走路,不到一个月,她又开始没命地干活了。

在这个世上,我的母亲很渺小,但她总想为儿女们创造生活的空间,总想把她的儿女们护佑在她的羽翼之下,她对生活的坚韧与执着深刻地烙印在我的脑海里,影响了我一生。

四

生活的艰辛与沉重,没有改变母亲乐观的天性。她总是成天乐哈哈的,脸上基本看不到愁苦的影子。

她高兴时也会在儿女面前露一手:她的毛笔字工整且娟秀,英语口语也很棒,在她特别开心时,会唱起那首贵州民歌《桂花开放贵客来》。她一向快言快语,无论是对共事的工友还是干部,她都直截了当地表达自己的意见,从不怯场,不会含蓄与隐讳。因为她的心直口快和仗义执言,认识她的人都尊称她为"吴伯"。

母亲不是个很善于持家的人,花钱有些大手大脚。她特别喜欢购买那些减价的布匹和家什，然后杂乱无章地堆在家里。父亲的工资交到她手上，往往不足半月就花光了，还没等人责怪她，她先将手一摊，乐哈哈地说道："张瞎子给我算过命，说我口袋有九十九，出门一空手，我是个花钱的命！"

我们家生活最艰难的时候，是在20世纪60年代中期。居无定所的我们被安置在荒冢之中一间守林员住的房子里，当地人叫这个地方为刘家大坟。那时要出门上学或者买东西只能在一个又一个坟堆中穿出去。

母亲没有丝毫的恐惧与不安，她在房前屋后种了大量的南瓜。南瓜是一种生命力极强的植物，种下不足一月，瓜苗便疯狂生长，迅速地爬满并覆盖了所有的坟包，黄色的南瓜花点缀在一片片翠绿的瓜叶下，格外夺目。收获的季节，家里的堂屋里堆满了篮球大小的南瓜。

从此，南瓜成了我们家的主要食物。放学回来，桌上放着的总是一盘南瓜，每次看到南瓜，我们几姊妹都像泄了气的皮球，沮丧不已，只能硬着头皮咽下去，心中盼望着有一天南瓜里能加一点细米就好了！母亲一边带头吃着南瓜，一边用那特有的贵州方言对我们说："娃儿们，现在有南瓜吃是福，不知有多少人还饿着肚子哩！"

我们家在那里住了约三年，母亲在坟地种植的南瓜让我们度过了最艰难的岁月。吃了太久的南瓜导致我对南瓜产生了一种条件反射性的抵触，如今一看到南瓜就没有一点胃口。

母亲尽管没有过正式的单位，也没有加入过任何社会组织，一生就是个家庭妇女，但却是一家之主，在家拥有不可动摇的决策权。1973年，我初中毕业，以班级第二名的成绩考上高中。父亲对我说："景岗，家里负担太重，你独立性强，早点下乡为家里分担一下吧。"父母的每句话我一向奉为圣旨，从不敢忤逆。我只好将家里的这一想法告诉班主任王孝春老师。王老师知道了立即上门，将我父母亲叫到一起，说："你们还是让儿子读吧，他是个读书的料，多读点书将来一定会有出息的！"母亲听罢说："我们没有想要景岗不读呀！"不得已，父亲说明了事情的原委。母亲态度十分坚决地说："想要儿子不读书，谈都不用谈！"她还把我叫到跟前，亲切地说："儿哇，这个事我作主，好好地去读书，我养你，待你把书读好了你再来养你姆妈！"我眼里噙着泪水，感动又欣喜地点点头，就这样迈进了高中的教室。

认识的人都说我的长相酷似母亲，如今我步入花甲之年，回顾漫漫人生路，我毫不怀疑，我不仅拥有酷似母亲的外貌，更可贵的是传承了她身上的那种乐观与担当！

五

一向只顾付出与奉献，不求任何索取的母亲突然对儿女们提出要求了。

那是1977年底，她向已自食其力的儿女们要钱做盘缠，要回贵州老家去看看。母亲离开家乡30多年没回去过，看来她是格外思念故乡了！

其实，家乡只有我外祖父还健在，外祖母已去世。其他还健在的家庭成员有母亲的一个姐姐和两个弟弟。母亲的家族是个流浪的家族，她的姐姐（就是当年鼓捣母亲私奔的姨妈）在新疆乌鲁木齐，大弟在台湾，还有一个幺弟在云南楚雄。

大舅舅赴台后就音讯全无，新疆的姨妈在60年代时与我们还有过通信，给我们邮寄过哈密瓜干，那是我童年记忆中最美好的水果之一，甜蜜的味道至今仍让人回味。云南的舅舅也不时寄些钱来接济我家，还寄些毛衣给我的哥哥姐姐穿。

孝顺的儿女们迅速为母亲凑足了盘缠，并送她登上了前往贵州的列车。那次，新疆的姨妈、云南的舅舅也回贵州了，一去就是一个多月。据母亲讲，这期间她与姨妈吵了几次架。我知道，那是有原因的，我的母亲至死也没有原谅我姨妈在她年少无知时为她促成的这段婚事。回来时，她还将外祖父带到了沙湖，说是要为他养老（外祖父在贵州住在他侄子家），但他住了一个来月觉得水土不服，怎么都留不住，硬是回到了贵州。

1989年3月，我们收到美国纽约寄来的一封信，原来是台湾的舅舅寄过来的，说是想来湖北看看。母亲要我马上回信：一是欢迎他回来做客；二是告诉他我们一家人很好，要他不必牵挂。

那年6月，台湾的舅舅与云南的舅舅一道从云南过来了。姐弟久别重逢，不禁泪如雨下。两位舅舅看上去都很年轻，而我母亲一脸沧桑。但母亲一如既往，对她两个弟弟乐哈哈地讲她的儿女们生活得怎么幸福，怎么孝顺，工作怎么出色，没有向他们诉说过一句她所经历的苦难与艰辛。

台湾舅舅临走前，母亲执意只接受了他送给母亲的一枚金戒指。

从此，母亲视这枚金戒指为珍宝。几乎每天都取下来正看反看，戒指戴在她的食指上松了，她就小心翼翼地用线将戒指缠一缠，再紧紧地戴上。

出人意料的是突然有一天，那枚戒指不翼而飞，怎么也找不到踪影。

母亲从此仿佛失魂落魄，还患上了老年痴呆，好几次在街上走失，我们几经周折才找回来。

这件事，我一直都百思不得其解。过去，母亲在黑暗中艰难跋涉的时候，像一个百折不挠的硬汉子，铆足了劲，咬着牙一步一步往前走，没有过软弱与退缩，仿佛一叶孤舟，历经艰辛，乘风破浪，终于到达了彼岸。而当她的儿女们都已自食其力，生活安稳下来后，不知为何她反而变得那么脆弱了呢？是奋斗的目标已经空落，还是贵州之行以及舅舅的探访勾起了她的回忆，将她的灵魂又唤回到本属于她却已轰然失落的家园？或许她的灵魂已飘荡于斯，不再复还！

我的母亲是一个有血有肉的凡人，她从不矫情，有一股坚韧与果敢，骨子里也不乏侠义与柔情。

她的付出换来儿女们出奇的孝顺。我们五个子女，从小到大无一敢顶撞她老人家。即使她晚年老年痴呆了，说的每句话作为儿子的我都是照办不误！

母亲，不用您托梦，我知道您喜欢我，我脑海里始终烙印着这样一幅画面：两岁多的时候，我与弟弟一起在家里的木床上玩耍，我俩争着投入母亲您那宽广的怀抱，尽情地展示自己的乖巧、聪慧与伶俐……

母亲，平凡而伟大的母亲，您永远是儿女们心中的女神！

故乡有棵木子树

三月三

　　每年都有个三月三,那是一个刻在我骨子里的日子,因为它给我留下了无限美好的回忆。

　　三月三是一个美丽的日子。青少年记忆中,每年的三月三都是阳光明媚的。那天的清晨,我总喜欢站在故乡沙湖通顺河畔,举目看那无垠的大地,无处不彰显着一种生命的张力。映入你眼帘的都是充满生机的绿,还有点缀在那重重叠叠的一片绿中,鲜活、浪漫、怒放着的花,有红色的、黄色的、紫色的、白色的……草尖和花瓣上的滴滴露珠在阳光的映照下闪烁着五彩斑斓的光芒。

　　三月三是一个充满活力的日子。春天从漫天飞雪的严冬走来,焕发出勃勃的生机。草丛中觅食的小鸟在愉快地歌唱,荷塘里,从冬眠中如梦初醒的青蛙在不知疲倦地鼓噪,田野间穿着五颜六色服饰的农妇在劳作间愉快地吟唱着地方小调。荒野上两头牯牛在拼命地角力,赢得围观的牧童们一阵阵高声喝彩……

　　三月三是一个多情的日子,春风温暖了人间,春雨滋润了大地,万木褪去了严冬的凋零,阳光照耀着大地,空气中传递着回暖的气息。爱美的少女们已褪去厚重的冬衣，穿上了色彩鲜艳的衣裙，穿行在花红柳绿的田野，点缀着春天的美丽。从严冬解脱出来的情侣们十分乐意从都市来到原野，在那充满生机的无垠原野上依偎嬉戏，尽情地释放……

三月三是一个充满爱心的日子。在那无垠的原野上，在那繁茂的花草中，这天最珍贵的花草当属地米菜，那平时并不起眼的小草紧贴在地面，伸展着四到五片椭圆形、边缘为锯齿状的绿叶，叶片中心支起一根细长的茎，那茎的顶端由若干颗米粒大小的洁白花瓣构成一团伞状的白花，绽放着，在春风中快乐地舞蹈。家乡的人们告诉我，用三月三采集的地米菜放在水里煮鸡蛋可以预防和治疗头疼。

记忆中第一次吃到这种鸡蛋是在六岁那年，巧的是正是三月三那天，我的头痛得十分厉害。母亲为我煮了三个鸡蛋，那还是20世纪60年代初，三个鸡蛋对一个一贫如洗的家庭来说还是非常珍贵。吃过鸡蛋后，我的头疼奇迹般地好了。看着我从病痛中解脱，母亲脸上露出了欣慰的笑容。从此这个日子就深深地刻在我的脑海里了！

母亲告诉我，其实每年三月三，她都会为儿女们用地米菜煮上几个鸡蛋，只不过我那时年纪小尚无记忆。自那次以后，三月三便成了一个我期盼的日子，每年只要接近那个日子时，我便情不自禁地走向田野，看着田野上密密麻麻的地米菜和圣洁的白花，期待着马上又可以吃到母亲亲手煮的可口的鸡蛋。

直到读高中，我依然享受着母亲在三月三为我煮好的鸡蛋。随着年龄的增长，已经懂事的我每每在吃到这鸡蛋时觉得吃到的不仅仅是一道美味，还品出一种爱，一腔浓浓的情，我清楚地明白了母亲是用这几枚鸡蛋在传递她对儿女的一片爱！

1975年秋，我作为知识青年下放到农村接受贫下中农的再教

故乡有棵木子树

育。临行前，我对母亲说，我已经可以自食其力了，应当开始孝敬您了，以后每年三月三，我煮鸡蛋给您吃。

当年我下放的地点离家不过四公里，我没有食言，1976年的三月三，我特意请了假，带上我煮好的鸡蛋，回到家里，用双手捧着，送到母亲的面前。母亲接过我手中的鸡蛋，对我露出了幸福的笑，两行泪情不自禁地写在了她布满皱纹的脸上……

1978年的三月三，因为我的高考通知没有接到，正在东荆河边上水利，同时复习备考。紧张的备考使我将三月三的承诺忘到九霄云外，然而使我万万没有想到的是，那天临近中午，我的母亲竟然出现在我的面前！她走了四公里多路，只是为了把煮好的三个鸡蛋递到我手上。她没有打算作片刻的停留，对我说，知道你忙于复习，我就不打扰了，先回去。说罢不顾我再三挽留，转身便走了。

那天是个晴朗的天，我目送着母亲，看着她离去的背影，一抹明媚的阳光洒落在她的身上，我泪眼蒙眬，我笃定，母亲就是一位播撒光明、幸福与爱的圣母！

母爱礼赞

在这个物欲横流的世界，不乏邪恶与陷阱，争斗与仇怨，虚伪与狡诈，但有一种爱可以摒弃利益诱惑，超越时空藩篱，像一道灿烂的阳光把人间照亮——那就是母爱。

母爱是超越原则的。投之以桃，报之以李，这是人与人交往的基本原则。天上不会掉馅饼一说也诠释了付出与收获是对等的道理。原则上来说，世界上的一切都是有来有往的，没有不付出就能轻易得到的东西。然而在母爱的词典里，这一原则荡然无存，母爱是无私的、不求回报的。

我的一个同学已经退休，退休工资六千，丈夫前些年离世了。为了让独生儿子读书、参加工作、结婚，她基本上倾其所有才勉强没有举债。结婚后儿子先是说房子小了要换大的，于是就把旧房卖了，买了一栋120平方米的电梯房，钱不够，只能按揭，月供需2400元。为让儿子生活压力小一点，她义无反顾地接了盘。不久后，儿子又要买车，没钱也只能按揭，月供2000元。这次她又要接盘，儿子笑着对老妈说："算了吧，这钱我们出。"她对儿子说："是不是瞧不起你老妈，这钱我还出得起！"

儿子搬了新家后，她又怕打搅儿子媳妇，只身一人回到乡下老屋独居一隅，每月靠仅剩的 1600 元度日。

同学们每每聚在一起都说她不值，她总是笑着反驳道："把钱用在儿子身上我高兴，看着他生活得好，我更高兴。"天底下像我同学这样痴情的母亲何止千万！

或许应该说，母爱也是有原则的，原则即只是乐于奉献，根本不图回报！

母爱是没有道理的。人之间交往应有一把尺子，那就是相互尊重，平等对待。但这个极为朴素的道理在母爱面前往往被颠覆。任何一个小家庭里，女主人一般拥有两个角色，一个是妻子，一个是母亲，在现实生活中，很多女性对丈夫和对儿女常常就是两把尺子。

我有一个同事，他的妻子对他苛刻的程度是一般人很难想象的。他的工资卡自然是在妻子手上，津贴奖金补贴也必须如实上交，如有忤逆，只要被发现那是下不来台的。而这位同事极爱打麻将，故而总是千方百计弄点钱到手上。但即便是弄了一点钱，也无法逃避妻子的火眼金睛。每天全方位搜身是必须的，无奈之下把钱藏在袜子里、套鞋里、餐巾纸里等等，都被妻子运用比福尔摩斯更高明的侦探手段——破获，妻子的原则是每天除了给他五元的过早钱外，其余的分文乌有。这位同事自然成为单位人尽不屑的笑柄。

作为单位一把手的我一方面同情他，另一方面也钦佩他妻子财务管理的能力。有时我碰到这位同事便开玩笑地对他说："我把这单位的人上上下下数了一下，没有一个在财务管理上比得上你老婆的，如果可能，把你老婆找过来管管我们单位的财务，那一定再合适不过了！"他同样笑着对我说："您只听说了她对我财务管理滴水不漏的一面，没有看到她在儿子身上花钱大手大脚的一面。"他告诉我，从儿子读书开始，从小学到高中都是贵族学校，送儿子出国也花掉近百万，回来到上海参加工作后又是结婚又是买房子，现在家里已经成为"百万负翁"了。

前些年，他的妻子退休了，为了帮助儿子偿还房贷车贷，妻子已经远离自己的丈夫，到上海市郊的一家诊所打工去了。

如今形影相吊的同事偶尔也倾诉一下心中的憋屈与牢骚，但更多的时候是接受与认同，有谁为他来评这个理呢？我想更多的人会认同他妻子的所作所为，因为她是母亲！

母爱是没有距离的。今年诺贝尔物理学奖分别授予法国、美国和奥地利三个国家的三位物理学家，表彰他们用纠缠光子实验，证明了贝尔不等式不成立和开创量子信息科学所做出的贡献。这项科学技术的核心是通过实验发现，即便是光速需几亿年才能传感到达的地方，在量子的世界里，这么遥远的距离可以在一秒钟内实现相互感知。这是一项极其奇妙的科技成果，它把宇宙间物质的距离缩短到了极限。这一发现使我想起了母爱。母亲对儿女的爱也是零距离。我有一个非常要好的朋友，他曾经给我讲过他家里的一些事，让我印象深刻。2008年，他的儿子去美国读硕士，他讲到儿子出国第二年的一天，他的妻子在家打电话，打着打着突然哭了起来，朋友惊诧地问怎么啦。原来电话那头的儿子告诉妈妈，他可能吃了不卫生的食物，拉肚子，感觉很虚弱，起不来床。朋友说，告诉儿子买点药吃就行了，有什么值得哭的。妻子嘤嘤哭泣着说，我儿可怜，病了身边连一个照应的人都没有，要是我能在他身边就好了。

后来他的儿子在美国定居并结婚生子。他妻子只要在国内，照例每天要与儿子视频通话，而她心情的好坏完全取决于儿子身体是否安好、工作是否顺利、心情是否愉悦，有时哪怕是孙子调皮惹得儿子不高兴,这头的母亲也会十分纠结地絮絮叨叨个不停。

这就是母爱的距离,母亲对儿女的爱是没有距离的,无论儿女在身边还是在天涯海角,总装在母亲那颗满满都是爱的心中!

母爱是没有边际的。时下衡量一个人,往往要看他的格局和胸怀,一般来说,拥有大格局,大胸怀的人往往会被更多的人认可和接纳。然而,对儿女,母亲的胸怀比地广、比天阔、比海深,没有边际!每当人们讲到格局与胸怀的时候,我便会想起那个黄丝巾的故事。说的是一个即将刑满释放的犯人,他想出狱后改邪归正,担心社会不接纳他,于是,他试着给守寡把他抚养大的母亲写了一封信,信中说,如果您能原谅我并接纳我回家,就在家门口那棵大枣树上系上一根黄丝带。出狱的那天,他一下车,刚步入前往家中的小道,就看见路边的第一棵树上系着一根黄丝带,接着他看见整整2公里小道上的每一棵树上都系着黄丝带!他不禁热泪盈眶,步履却变得坚实有力,他看到满头白发的母亲已经伫立在门前迎接着他的归来……

这就是母亲的格局,一种超越世俗,跨越时空的格局;这就是母亲的胸怀,一种海纳百川,宽广无限的胸怀!

人是从动物演化而来的,母爱所以能跨越很多社会属性,表现出更纯洁、更崇高、更伟大的特质,可能因为爱儿女是一种生命的本能所致。母亲是一个神圣的身份,是人类繁衍生存,负重前行最为原始、最为坚实、最为强大的力量。母亲也是最值得人类去热爱、去呵护、去顶礼膜拜的角色。

我赞美你,母爱!

心中的灯

说到灯，也许大家能数出无数的灯：日光灯、节能灯、白炽灯、太阳能灯、台灯、二极管灯……不一而足、不胜枚举。今天的年轻人可能不知道，过去没有这些看到的、用到的、离不开的灯。

童年与少年的记忆，多半已随时间的流逝而消失，但对灯的记忆，却无法抹去。我的童年只有一种灯，那就是用劣质油燃点的昏暗的灯。

那时候，每当夜幕降临，做作业、读课文，我们一家几个读书的孩子，就聚集在一张简陋的饭桌上。母亲用火柴，小心翼翼地点燃那盏用劣质煤油为燃料的灯。

灯光昏黄暗淡，火苗尖流淌着一脉粗粗的黑烟。我们做完功课，吹灭灯就去休息了。第二天早上，起床洗漱赶到学校，随便擤一泡鼻涕都是漆黑漆黑的，随口吐出的痰也是一口黑痰。

这就是我们当年的灯，它伴随我慢慢地求知，慢慢地长大，慢慢地懂事。

那时候，我想，是否有一天，我能够摆脱这个既依赖又怨恨的灯呢?

记忆中,应该是 1968 年,全家终于结束了用这种劣质煤油灯的时光,我们拥有了电灯。当时看到那明亮的白炽灯,眼前一片光明,仿佛是我少年时期的一个梦,一个对人生产生更高期待的梦。

当时的我笃定地认为,这片光明是父亲送给我的!

我的父亲是湖南汩罗人。早年,他作为一名普通的士兵,通过努力,成为国内第一代汽车司机。他潇洒过、抗争过,发现前途渺茫,毅然离开家乡,赴长沙寻求自己人生的新路径。国家在招募有一技之长的人才时,他作为有技能者,被统一调配到湖北工作。

他曾进取过。20 世纪 50 年代开始,国家发展农业机械。他被选派到湖北省沔阳县,至今沔阳县农机史仍口口相传的泰斗式人物"三刘一黄"中,其中一位就是我的父亲。他对柴油机技术的驾驭令人吃惊,听说他在老远的地方听到柴油机发出的声音,就知道故障在哪里;只要看到柴油机排气管排出来油烟的颜色,就知道车子的故障在哪里。对柴油机,他像一个良医,再大的故障都可以手到病除!

他曾努力过。20 世纪 50 年代末 60 年代初,他的足迹遍及沔阳县水势低洼的乡镇。作为技术主持,他建立了张沟旭湾抽水机站、沙湖余场抽水机站、沙湖群兴抽水机站,培养了一大批像郭孝新、涂开源等在沔阳县农机战线上叱咤风云的能人。

他曾拔尖过。1964 年沔阳县组建彭场机械学校,文化程度不高的父亲凭借一身过硬的技术本领,被选为中专学校的一名实习教师,在学校一展技术高手的风采!

这些,都是我从亲人和父亲的同事口中得到的一个开拓进取、事业心强的父亲形象。

从我有记忆开始,年近半百的父亲身上似乎很难找到那种百折不挠、积极进取的元素,我看到的是一位佝偻着腰,对任何人都彬彬有礼，且脸上始终保持着一种和蔼笑容的父亲。

如此的反差，从何而来？我曾经不懂，直到自己有了家庭才明白：时间的沉淀，让他的性格多了几分沉稳和温和。家庭和生活让他将多数心思放在更柔软的事物上，他不仅仅是一个技术骨干，他还是一位丈夫，一位父亲，一个家庭的顶梁柱。

1968年，组织上为父亲安排了一项新的工作——发电。当时，沙湖公社准备开始用电灯照明了，需要有人在机房负责发电。首先，这个人必须在机房里长期忍受120匹马力柴油机高分贝的轰鸣；其次要随时能发现并及时排除机车的故障，白天还必须对柴油机进行适度保养。

这时，组织上想起了我的父亲，父亲性格谦逊，做事细心，又是出了名的技术骨干。得到任务后，父亲也没说二话，收拾东西就走进了那个轰鸣的机房。

就此，父亲走上了这个新的工作岗位。

少年的我曾与父亲一道来过他工作的车间。走进那个充满柴油气味的机房，只见他熟练地将绿色的启动按钮轻轻一按，柴油机"轰轰隆隆"地响了起来。

七点整，他将配电柜的闸刀一一推上去，送电了！于是，狭窄悠长而黑暗的街道亮了，百家千户因有一两盏闪烁的电灯，房屋内豁然开朗；窗明几净的教室也因为有了白晃晃的日光灯，晚自习的读书声更流畅，更响亮……那时我多想骄傲地对同学说：我的父亲是光明的使者！

日复一日，年复一年，我想象着父亲一个人默默地坐在那震耳欲聋的机房里，用心观察着机车的运行，这份躁动而又寂寞的工作，他是靠着一种什么样的力量支撑着，坚持下来的呢？

当时，在沙湖那座小镇上，人们一到晚上就在期盼七点钟那机房的欢叫声。大家知道，这个时候，光明就要来了。最失望的时候，就是到了10点45分父亲将发电机的油门有节奏地减小，让电灯忽闪忽闪三下。那是在告诉人们，再过一刻钟，电将停，整个夜晚将恢复黑暗。

在我的记忆中，这个约定俗成的规则也有打破的时候。有一天的一点钟左右，睡梦中的我被一阵急促的拍门声惊醒，电工老甘将父亲叫起床，二人赶到发电房。父亲走了不大一会儿，家里的电灯又亮了起来。我知道是父亲又开始发电了，一下子睡意全无。直到深夜三点钟，父亲才回家。他看上去并不疲惫，还带着几分兴奋，见一家人都没睡，便笑着对我们说："丰医生抢救一个病人做手术需要照明，今天救了一个人的命，又积了一分功德！"

此后，父亲一年总是有那么十多次工作到深夜或整个通宵。以他的理解，那不是在发电，那是在赋予一个人新生命，是把一个人从黑暗带向光明！

我的父亲就是从这个工作岗位上，一直干到退休的。

随着时光的流逝，心智的成熟，我越来越理解并钦佩我的父亲。

在那个时代，他的坚持与奉献博得了周边人的感激与崇敬。我曾与父亲的同事谈及此事，他们异口同声地说："你的父亲是个好人。是一个有担当、有责任感的人。"

每每想起父亲用和蔼的笑容面对这个世界的样子，我不禁潸然泪下……思念深处，我心中的那盏灯又亮起来。

父亲，我敬爱的父亲，您就是我心中那盏永不熄灭的灯！

岳母

2003年春天，一个风和日丽的早上，阳光映照在开满油菜花的金灿灿原野，送岳母出殡的队伍开始向丁刘村墓地前行。整个村庄在一种肃穆的氛围中。锣鼓声、仪仗队奏出的沉重的哀乐声与家家户户点燃的鞭炮声交织在一起，似乎要把对岳母逝去的追思与悲痛用最大的声量倾诉出来。更为壮观的是，随着出殡队伍的缓缓前行，自发尾随的乡村邻里把出殡的队伍越拉越长，远远望去，那支队伍长度不下三百米，这意味着整个村庄的全体男女老少都加入了这个出殡的行列。他们的脸上写满了沉痛与惋惜，还有人在不停地抽泣与呜咽。

我的岳母是一个再平凡不过的农村妇女，是什么力量能让她去世后将这么多的人凝聚在一起，共同追念她，哀悼她，依依不舍地为她送上一程？

她的慷慨大度、乐善好施是一般人无法想象的。

城里人聚会，不择时间，只是找一个由头开一个party，在吃喝玩乐中办完要办的事，很功利。而乡里人聚会只可能是逢年过节，一般在清明、端午、中秋、春节，在这四个传统节假日里，在外工作的亲人带着儿女回到老家探亲访友，欢聚一场。

一年中的这几个节日，是我岳母最期盼的日子。因为她知道，亲人们都会陆陆续续地回到这个小村子啦！早早几天她就开始忙上忙下，首先是备足酒肉鲜鱼和各类菜肴，然后将存放了多日的锅碗瓢盆全部搬出来，洗个干干净净，再将屋里屋外打扫个遍。第一次到岳母家的时候，我心里还犯嘀咕，一家就一桌人，何必摆这么大的阵仗。后来我才知道，岳母家是回家探访的亲人们的中转站、固定进餐点。我岳父在这个村是大姓，他有两个姐姐、一个妹妹、一个哥哥，五姊妹的子嗣很兴旺。每到节日，家族一般有二三十人回家过节，多的时候甚至超过四十人，这些人到大伯家报个到，送节礼，一转身就到岳母家了。

大家都亲切地叫岳母为二婶娘（我岳父在兄弟中排行老二）。岳母老家故居是两栋两间瓦房，还算宽敞，每到节日，异常热闹，有打麻将的，有聊天的，还有小孩在玩游戏。岳母满脸写着兴奋与快乐，穿梭于人群中，一会儿提桶水，一会儿从后院子里摘一篮菜，一会儿切肉、杀鱼，忙得不亦乐乎。享受一顿美食且要客人饱餐一顿，是需要大量的肉鱼饭菜，对这一点，在场的客人一点都不担心：二婶娘做的饭菜不仅美味，而且丰盛。在我的记忆中，每到节日，这里一般要摆三桌，有时是四桌宴席，一摆不是两天就是三天。岳母最担心的不是人来多了，招呼不住，而是担心有人会说二婶娘今日的酒宴没让我们吃饱喝足。

也许是因为在这里可以找到一种融洽欢乐的亲情，亲人们的这种约定俗成的聚集方式持续了许多年。

腊月是岳母最忙的一个月。在即将到来的重大节日前夕，岳母总在腌鱼，腌肉，晒炒米的饭蒸子，打糍粑……她将这些年关物资备得十分充足。其实，家里除了她以外，加上大哥大嫂一家人在内不过八个人，而且，大嫂也跟她一样准备了很多年货，她干吗要花那个工夫呢。后来我明白了：二婶娘在这个50来户人家的小村落里是慈善与大方的代名词。一年四季，无论是隔壁左右还是村前村后，哪家的小孩中午放学没吃的，就拿上碗来到二婶娘家，那绝对不是乞讨，他们自然得像在自家一样，泡上一碗白花花、香酥酥的炒米，吃了几口精致的腌菜，挺着鼓胀的肚子，抹一抹嘴上残留的食渣，心满意足地上学去了。可以说，这个村子的每一户多多少少都得到过二婶娘的恩惠。

岳母家有别于其他农户，岳父在外工作，所以岳母手里总有些活钱。20世纪80年代农村开始大量使用农药化肥，那不仅要计划，而且都是要用现金买的，乡亲邻里购买农资只要差现金，就自然想到二婶娘，而且只要开口，二婶娘一般是不会让人失望的。因此，每年下来，家里总有些欠账摆着，记得有一次舅兄要去收，岳母说："钱借出去就不要准备别人还。他们有钱自然会还的，没钱还他就不会第二次向我借钱了。"从此舅兄再也不提收账的事了。

妻子家里的人还给我讲过许多岳母乐善好施的故事。印象最深的是妻子家的大姑妈曾经嫁到一个非常显赫的家庭，但后来陷入贫困潦倒的境地。大表哥念书很厉害，但家里没钱，于是岳母全程资助他。20世纪50年代初，大表哥考入一所大学，窘迫的家庭情况让他放弃了再继续读书的念头，并将弃学的想法告诉了岳母。岳母听罢，用坚定的口气对他说："孩子，能考上大学来之不易，读书的花费你就不用操心了，我为你想办法。"就这样，她节衣缩食、含辛茹苦，圆了大表哥的大学梦。

她的睿智聪慧、通晓大义是出人意料的！

她没读过书，却深知知识改变命运的道理。当年，她膝下有三个儿子、一个女儿，她在家里种点责任田，岳父在仙桃一个镇上的食品所（后来改为食品公司）负点小责，工资收入不过40多元，家里不算宽裕，但她义无反顾地将孩子都送到学校，读完小学读初中，读完初中读高中。

20世纪70年代初，农村能读到高中的女生可谓凤毛麟角，一个五六十人的班级，女生往往不到十分之一。1972年我的妻子就读了高中，当时，来自外部的阻力还是挺大的，村里很多人开始上门劝告：一个女孩子让她读那么多书干什么，嫁出去就是别人家的了。岳母回答："我们家的姑娘儿子一样，都是要读书的。"村子里有人抱怨岳母不识时务、不识趣，岳母也不予理会，最后，连家族内的人也开始反对。

当时农活是很累人的，因为岳父不在家，儿女们都读书去了，农活落在了岳母一个人的身上。重活累活，往往靠家族或者邻里帮衬一下。自从我妻子上高中后，他们集体不再帮助岳母干农活了。而岳母无怨无悔，自己硬是将那些农活扛了下来。

作为地道的农村妇女，她没有过参加社会活动的机会和经历，但她却鼓励儿女积极参加社会活动，丰富自己的人生。我的妻子1974年高中毕业，一回村，村里就要她去大队做村干部，又招惹村里一些人的闲言碎语，岳母对她说："他们爱怎么说就怎么说，别理睬他们，好好工作，把控好自己做人做事的分寸就行了，我相信你！"

岳母坚持让儿女读书，她的几个孩子都读到中专以上的学历。两个儿子参加了工作，有一个还走上了领导岗位。她的女儿也十分出色，做了不到三年的村干部，参加了1977年的高考，考上中专，成为全村唯一被录取的幸运之星，而三年的村干部经历，为她参加工作之后成为一名行政管理干部奠定了坚实的基础。正是岳母的开明与睿智，改变了一个农村女孩的命运。从此，村里人上上下下，对岳母刮目相看，他们从开始的不理解到最后的认同并上升到钦佩！

她直面苦难、坚韧不拔的意志品质更是惊天动地。

1966 年，流行性脑膜炎在中国大地肆虐。这场灾难不知夺走了多少无辜的生命，也让许多人留下后遗症。灾难无情地落入岳母家，她膝下的两个儿子国权和国荣都患上了脑膜炎。她的小儿子国荣经过治疗康复了，二儿子国权通过治疗保住了生命，却留下可怕的后遗症——痴呆了！

一个聪明可爱、健康活泼的孩子突然间痴呆了，这对一个母亲来说，无疑是晴天霹雳！她心中必然会有很漫长痛苦的煎熬，首先是无法接受现实，然后是怎样去面对这个无法逃避的灾难，放弃吗？那是一个鲜活的生命！坚守，有多难只有天知道！

岳母义无反顾地选择了坚守，她用她那瘦削的肩膀，扛起了照顾痴呆儿的重担。从此，无论春暖花开还是天寒地冻，她总陪在他身边，精心呵护着，耐心守候着。有时，她像一名护士，为他擦洗在外碰撞造成的伤口；有时，她像一名保姆，为他洗漱，修剪凌乱的头发，整理杂乱的房间，清洗脏乱的衣物；有时，她像一名教师，不厌其烦地教育他不能骂人，打人……

她始终是一位慈母，时刻都在抚慰着自己的孩子，用温暖的母爱去捂热他那麻木的心。在她精心的调教下，我的这位舅兄除了智商仍如未成年的孩子外，没有暴力倾向，没有对人说过不逊的话语，没有过一次在外面招惹是非的情况。记得我每次到她家，这位舅兄对我都是笑脸相迎，十分绅士，相信他内心一定没有多少痛苦，他只是与世无争地生活着，享受着母爱的温馨。试想，将一个痴呆儿培养成如今这个模样，一个母亲该遇到了多少迷茫与失落，经历了多少痛苦与折磨，又付出了多少精力与代价！

时光就这样缓缓流淌着，但意外终究是发生了。

某一天岳母刚出门办点事，回来就不见二儿子的踪影，直到晚上仍不见他回家。全家上下及村里立马派人到处找寻。两天以后，终于找到了他的尸体，他是溺水而亡，至今无法解释他是怎么溺水的,他死去的样子仿佛还很安详。以我的判断,有可能是我的这位舅兄那天突然良心发现,认为自己再也不能这样折磨母亲了,觉得自己死了,对自己尤其对母亲是一种解脱,进而慷慨赴死。送葬的那天,痛失儿子的岳母哭得呼天抢地,那种发自内心的悲鸣将周围的人都感动得落泪了。

我原以为舅兄的去世终于使岳母解脱,从此,她可以有一种轻松的活法了。但生活对岳母异常残酷,就在我舅兄去世不过两年,我的岳父因脑溢血中风偏瘫了,照顾丈夫的重担又落在了岳母的肩上。

岳父虽然偏瘫,但神智清醒,他非常讲究卫生,每天得洗澡,换衣服,大小便也要人帮助。当时,我和妻子想到岳母太累,就把岳父接到我们家,这样我和妻子下班后可以帮助照顾一下,分担一下岳母的负担。住了不到半年,岳母不肯连累我们,坚决不同意住在我这里,又搬回那个曾经让她受尽磨难的丁刘老家了。

由于岳父生病,我们回老家就频繁一点。每次回去,岳父都穿戴整齐,人也很精神,很快乐,完全找不到病痛压抑下的消沉。他通常坐在老屋门口沐浴着温暖的阳光,戴着老花镜读书看报,那时我刚调入市委办公室,我将我在省级报刊上发表的文章给他老人家看,他十分认真地看着,岳母用餐巾纸不停地为他擦拭流出的口水,他开始十分快乐地笑着,接着又哭了起来,我诧异地问岳母:"这是怎么了?"岳母笑着对我说:"你爸爸现在碰到特别高兴的事都是先笑后哭。"

岳父离别人世时走得很安详。尽管中风偏瘫,但我岳父的晚年在我岳母的精心照顾下是幸福的,不仅身体得到了较好的看护,他的精神也是饱满而充实的!这个结果,岳母当然功不可没!

我不能想象,照顾岳父这十三年,我的岳母经历过多少磨难,但我从来没有在岳母身上看到沮丧与悲愁。她总是那么精神矍铄，以乐观向上的姿态示人。其实岳母的身材十分瘦小，一双小脚走起路都是一颠一颠的，而就是在这瘦小的身躯里却释放出了一种无比巨大的能量，令人倾倒，让人臣服！

岳母以善待人，修得高寿，她去世时八十三岁。去世的那天我在她身边，看着她合上眼，安详地离开了这个世界。我长跪不起，泪止不住地流。我在想岳母可以比肩那些流芳千古、成功地哺育出了达官、显贵、巨商、名流的女性。我又在想，中华民族之所以能屹立于世界之林，这个族群之所以能像蒲公英一样，风把他们吹到哪里，他们就可以在哪里生根、开花、结出丰硕的果实，那多半是因为有很多像我岳母一样的母亲，是她们撑起了这个种族的一片蓝天！

表哥

他仿佛是浩瀚大海上一盏明亮的灯塔，照亮了我的人生。

——题记

一

我的父亲一生居无定所，为生计四处飘零。我懂事以后他对我说，中国除了西藏和台湾以外，其他地方都留下过他的足迹。飘来飘去的他最后拖儿带女把家安顿在了湖北省沔阳县一个叫沙湖的小镇上。他落脚时这个地方叫沙湖区，后来更名为沙湖公社，再后来又更名为沙湖镇。

我的父母膝下原有八个孩子，五男三女，因饥饿和疾病，死了两个男孩一个女孩。一个弟弟因为家里太贫穷无法养活也送给他人，但母亲无论如何放不下，死活硬是把他抱了回来。在那个苦难深重的年代里，一家七口人就这样在沙湖苦苦度日。

沙湖过去在沔阳还算是个繁荣的集镇，它依通顺河而建。这通顺河往东流,到襄口便汇入长江,因此,沙湖的水运相对沔阳其他镇要发达得多。20世纪六七十年代每逢汛期,除了货船,每天还有一趟客轮可以从沙湖到汉口。水运带来了小镇的兴盛,当时人称沙湖是沔阳的"小汉口"。

沙湖镇不大,从建镇到改革开放前,集镇不过两个居委会,市民不到二千人,由于商品粮户口的圈子小,通婚半径也不大,导致街里街坊盘根错节几乎都是亲戚关系。我的父亲当时在沙湖拖拉机站工作,母亲无业在家,一个是湖南人,一个是贵州人,都是外地口音,被当地人称为"山巴佬",难以融入当地的圈子。

少时的我多么希望能像我的同学那样有好多好多亲戚。逢年过节时,亲戚们聚在一起,尽情地陶醉在那其乐融融的氛围里,在学校只要被人欺负,便有亲戚上来维护。放学了,那些本地同学都会三五成群地凑在一起,向我这样的外乡人投来蔑视的目光……

我家不仅在沙湖、在沔阳县,甚至在湖北省也找不出一个亲戚来。

一次我不经意地问父亲:"难道我们真的在湖北没有亲戚吗?"

父亲有些茫然地说:"应该是有一个,是我的外甥,也就是我亲姐的儿子,你们的表哥,他好像在武汉一所大学里工作。"

我又问:"具体在哪一所大学呢?"

父亲说:"可能是武汉钢铁学院吧,叫舒德平,是从军参加抗美援朝后转业到这所学校的。"

在那个交通不便的年代里,除非是同处一地或邻近,否则亲戚间走动很难。

然而,一个偶然的机会,我们家与表哥联系上了。1966年,我的大姐当时正在读初三,打算去北京看看。到了武汉后,因为去北京的学生太多,汽车火车都暂时排不上,必须等一个星期才能有火车去北京，就在这 7 天的逗留时间里，大姐只身一人来到武汉钢铁学院，竟然找到了当年在那里工作的表哥舒德平。

姑舅老表算至亲，加上表嫂也是湖南人，当时在武汉钢铁学院幼儿园工作，十分好客，远方来了客人，便十分热情地款待了大姐，还详细地询问了我们家里的情况。原来表哥也不知道自己的亲舅舅就在湖北工作，于是十分肯定地表示一定要去看舅舅。我们家和表哥就这么联络上了。

二

表哥没有食言，第三年暑假，他亲自把他的一儿一女送到沙湖来度暑假，大的是儿子叫舒梓轩，小的是女儿叫舒梓媛。当时我只 10 岁读四年级，弟弟 9 岁读二年级，表哥的两个孩子都比我们小一点，大的只有 7 岁，小的才 5 岁。

沙湖的夏天与武汉一样，奇热难耐，但不乏孩子们玩耍的项目。沙湖是水乡，到处都是沟渠湖汊，夏天正是万物生长的旺季，郁郁葱葱的桢树、杨树、柳树、木子树都在这个季节展示着他们最美妙的风采，林间知了不知疲倦的叫声给这里的夏日更添了几分生机。

作为当时的孩子王，我自告奋勇地带他们去捉知了。我举着一根 3 米多长的竹竿，在那细细的顶尖处涂上一坨黄油（拖拉机使用的一种黄色固态的润滑油，看到欢唱的知了后，就轻手轻脚地走过去，举起竹竿把黄油向知了按上去。知了碰到异物，立即展翅逃遁，但那黄油已粘在知了的翅膀上，增加了翅膀的重量，知了向空中折腾两下便扑腾着坠落在地上了。梓媛飞也似的跑过来逮住在拼命叫唤的知了，不知道多么兴奋。

将知了装满玻璃罐头瓶子后，我们已经大汗淋漓。这时，我就把大家带到离家不远的通顺河去，让大家泡在水里避暑。那个年代的通顺河是一条美丽而洁净的河，百米宽的河水像缎带一样蜿蜒伸展，河边是疯狂生长的各类野花野草。看腻了灰色楼房的城里孩子，目睹这繁茂的花草和碧绿的河水后全然沉溺其间，戏水取凉，乐不思蜀。

到了晚上，我找父亲拿他值班专用的手电筒，带着孩子们去逮青蛙。夜里，知了疲倦地停止了鸣叫，而田野深处沟渠河汊里却热闹起来，尤其是那清脆悦耳的蛙鸣声此起彼伏，连成一片，仿佛一曲雄浑的田野交响曲。

带着他们，我手拿一把自制的钢叉（用焊条打磨制成），弟弟拿着手电筒，梓轩拿着一根细铁丝做成的串子。顺着电筒的光亮，很容易就在河汊边照到一只青蛙。青蛙全然不知致命的危险即将降临，依然欢叫着，一叫眼睛两边鼓起两个鸡蛋黄大小的气泡。我熟练地扬起右臂，将钢叉向青蛙猛地戳去，一下子戳中了。梓轩马上从叉上取下青蛙，串在了他提着的铁丝上。不一会工夫，铁丝就串满了青蛙，这意味着明天我们又可以美餐一顿了。

那年，他们两兄妹在这里待了近一个月，表哥来接时，他们俩晒得黝黑，梓轩头上还晒出了一个疮。他俩看着我，一副依依难舍、不忍离去的样子，最后还是我劝他们明年暑假再来，他们才不情不愿地跟表哥走了。

以后他们连续几个暑假都到沙湖来，表哥说："拗不过他们，都吵着要来。"

但有一年，差点出了大事。平时，为了安全，在通顺河边游泳时，我总在河边看着他们，不准他们往深处移动，只许他们伏在岸边耍一下水就上来。但那天我心血来潮，独自一人游到河对面去了，这边只剩下弟弟和他们兄妹。

任性的梓媛想往河深处试一试，不料脚底一滑，很快就滑到河水深处,扑腾扑腾地挣扎起来,这时,已会游泳的弟弟急中生智,连拖带拽,将梓媛移到了岸边。当我从河那边游过来时,还好已经化险为夷了,我立马带着大家回家。

有了这次危险的经历,表哥就死活也不让他们到沙湖来玩了。不过,表哥和表嫂几乎每年都写信过来,十分真诚地邀请我们去武汉玩。

当时父母亲不知道,我是多么想去表哥家玩。但当时我还太小,需要有人陪我一起去。哥哥姐姐都参加了工作,小姐比我大不了几岁,父母亲忙于生活更是没有时间带我们去武汉。父亲说:"等明年你们大一岁,能自己去武汉了,我让你们去。"

三

实现去武汉的愿望是在 1972 年,那年我 14 岁读初二,小姐读高一。也是放暑假,表哥那边写信来说今年梓轩和梓媛就不去沙湖了,请舅舅或者表弟表妹一定抽空过来玩一玩。一而再再而三的诚恳邀请的确让我的父母亲有点盛情难却了。一咬牙,他们给了我和小姐五元钱,要我们去武汉表哥家。

正值夏天汛期,沙湖大河小河满是水,通顺河的水路活跃起来了。原来只能在岸边看,此时我和小姐总算登上了原来叫洋船、现在叫轮船的"东方红"二号客轮。当时在我的心目中这是一艘好大好大的客轮,共有三层,第一层是统舱,约有二十多排平凳,被两条走廊隔开,整齐地排在舱内,几盏昏黄的白炽灯给昏暗的统舱带来些许光线,这里的乘客基本上看不到外面的风景,我们就坐在这里。

不安分的我也曾悄悄地爬上二楼,与一楼完全不同,二楼坐的是木靠椅,中间只有一个走廊,透过整板透明的玻璃窗,通顺河两岸的风景可尽收眼底。三楼更是了得,座位都是皮沙发靠椅,能坐5个人的椅子一字排开,椅子与椅子扶手间留有约一尺左右的间隔。这显然是一等舱的格局了。

浏览了一通船舱后,我刚在自己的座位上坐下,只听轮船的汽笛长鸣了三声,发动机的轰鸣声便在统舱里弥漫开来,坐在震动着的平凳上,明显地感到船已启动了。

这艘船只能把我们送到水洪口,汛期长江与通顺河没有直接相连,下船后,我们还需步行三华里多路到长江襄口码头再乘船去汉口。出发前,父亲反复叮嘱,要跟着上船的人走,千万不能掉队。我和小姐便憋足劲,连走带跑地紧跟着其他乘客,总算是顺利地登上了直达武汉的轮船。这艘船依然是"东方红"的牌子,只是变成了"东方红一号"。在轮船上我们居然还吃了一顿美味无比的热干面。

轮船到达武汉江滩后,按表哥先前的指点,我们从轮船码头上岸后走到紧邻的渡船码头,花0.24元钱买了两张渡江船票。渡过长江后在武昌积玉桥码头上岸,一出码头就上了16路车,表哥叮嘱过,要我们在仁家路下车,问武汉钢铁学院。

一切都是按计划进行,我和小姐因从来没有出过远门,所以谨慎又小心,一路上都记着大人们的交代,总算是顺顺利利地来到了表哥的家中。

四

表哥表嫂非常欢迎我们的到来,梓轩梓媛更不用说了,尽管我俩都是没有成年的学生,但他们全家依然将我们当作贵客招待,好吃好喝不用说,表嫂第二天就把我们和她的两个孩子带着逛青山商场、青山公园。

平生第一次走在宽阔的水泥马路上,看着街道两旁鳞次栉比

故乡有棵木子树

的楼房，一种前所未有的艳羡以及庄严豪壮的思绪油然而生。原来沙湖以外居然还有这么雄伟、壮丽而繁荣的城市，它全然颠覆了我的认知，让我的眼界陡然间变得开阔起来。

其实年少的我也隐约知道外面的世界很精彩，但不知道是这般的精彩。

尽管刚刚读初中，也有过对人生思考的萌芽。印象最深的是每年春节，在外地工作的沙湖人都陆陆续续地回来了。我所就读的沙湖中学有两个篮球场，每年春节都会组织一场球赛，由本镇组成的球队与外地归来的年轻人组成的联队打一场友谊赛。赛场上抢眼的当然是那些从外地回来的年轻人，他们中有在武汉工作的，有在沙市工作的，还有在蒲圻（现在的赤壁）工作的，个个穿着时髦的衣服，蓄着得体的长发，就像今天的明星一样，令镇上上上下下的人所追捧。

作为观众之一的我，自然成为众多粉丝中的一员。他们的形象对我来说就是新世界的代表，我对那个繁华、美丽的新世界无比好奇、无比向往。

接下来几天，表嫂指派梓轩有空就带我到武汉钢铁学院校园转转。那时学校也放假了，走马观花地在空空荡荡的校园里转了一天后，我就开始执意待在家里了。

表哥当时住的房子是个筒子间平房，面积大约有四十多个平方，房间是个曲尺形，进门是一个约四米来宽的开间，往深处走约三米，房间就只有两米多宽了，但很深，约二十来米。进门那开间是客厅带厨房。梓轩和梓媛住的一间房，房子里放着两张单人床，往前走是主卧，再往深处走约八平方米的小房间被表哥用作一间书房，房间内除了一张办公桌外，四周全是放满各类书籍的书架，简直是别有洞天！书架上大多是社会科学和文学类的书籍。记忆最深的是书架上有一排存放着《世界文学》杂志，随便一翻都是些陌生的名字,诸如卡夫卡、弗洛伊德等。我被一本《安徒生童话》深深地吸引,小心翼翼地得到表哥的批准后,我如饥似渴地拿起这本书读起来,再也不愿出门了。

从进入那间书房的那一天起,我就开始注意观察我的表哥。

表哥身材高大,约一米八的个子,皮肤呈古铜色,走路总是如军人一样昂首挺胸,步履稳健,一双眼睛也总那么炯炯有神,满脸写着自信,看上去就气度不凡。

在家里,他是绝对的领导者。每每下班回到家,他便脱下鞋将双腿跷起搁在茶几上,端起表嫂已泡好茶的茶缸,一边喝茶,一边悠闲地抽烟,等待着吃饭。

每天晚上,他总是一个人在书房里待到很晚。来武汉之前,梓轩曾告诉我,他父亲是武汉钢铁学院的学生处处长。来武汉后,我看到表哥不苟言笑、令人敬畏的样子,更加好奇,便向表嫂打听表哥的工作情况,表嫂便告诉我:"你表哥主要从事大学生思想政治工作研究,这方面他的造诣很深,在全省高校都具备一定的影响力。你这表哥很能讲,笔头子也很厉害,就在前几天,省里一家报纸就整版刊登了他的一篇文章。"

表嫂的一席话震撼了我小小的心灵。在以后的日子里,只要看到表哥,我心中就会涌起对他的崇拜与景仰。

我与小姐只在武汉待了一个星期,离别时,表哥塞了很多礼物给我们,并叮嘱表嫂一定要把我们送到汉口码头。

依依不舍地离开表哥一家,我和小姐顺利地登上了"东方红一号"客轮。汽笛响过三声后,船离开码头沿长江向西航行。坐在统舱里,我默默无语,陷入沉思。这是我当时最远的旅行。不一会,我还是忍不住走到船舷边,望着这座渐渐远去的城市,感慨万千。我在想,这次武汉之行不仅让我看到了城市的繁华与宏伟,体验到了曾梦寐以求的亲情,享受到了可口的美食,更为重要的是让我对人生有了全新的认知,它让我不自觉地重新审视以往曾经对人生拥有过的那些支离破碎的思考,感觉到那些想法是多么的浅薄、短视与幼稚!这次近距离地与表哥接触后,我仿佛是一叶迷失了方向的小舟突然看到一盏闪耀着璀璨光芒的灯塔一样,有了前进的方向。我深信表哥就是我人生的偶像,我笃定表哥的人生就是我要追寻的人生!

五

榜样的力量是无穷的!当一个人认准了人生的目标之后,就会义无反顾地迈向奋斗之旅。

从初一下学期开始,我开始拼命地读书,尽管那个年代,读书并不被世俗的人看好。从当时的情形来看,尤其是这个小镇上,很多人不屑读书,但这不能动摇我求知的信念。那些年我千方百计地找书读,不断充实自己。

幸运的是我的人生中遇到了几位很好的老师,他们看到我好学,便将他们的一些藏书悄悄地塞给我,让我去读。因此,我阅读了一些同龄人很难接触到的书籍。如《红楼梦》、梁斌的《红旗谱》、欧阳山的《三家巷》、曲波的《林海雪原》等等。从初中到高中,我的作文在班上被老师评讲已成常态,被校刊刊登也是常事。再加上我在课堂上敢于举手表达自己的想法,我的口才也得到了锻炼。

老师们认可我的能力,主动推荐我在很多公共场合讲故事,参加各类讨论、辩论、学生代表会。在沙湖中学,我的写作和口头表达能力已经小有名气。尽管那些年学校的教学方式是开门办学,学工、学农、学医,根本不把学习成绩的好坏作为评价一个学生优劣的标准,但我认定我不会随波逐流,因为表哥人生的方向就是我努力的方向。

1974 年我读高一时，第二次去了表哥家。那次是寒假，枯水季节的沙湖无法开通前往汉口的轮船。我是从沙湖坐车去仙桃、再从仙桃转车去的武汉。从沙湖到仙桃一路是碎石路，车辆颠簸得很厉害，但一想到要到表哥家，除了兴奋与愉悦外，其他的感觉都模糊了。从仙桃到武汉走的是 318 国道，那时的国道也是一条仅有两车道的羊肠小道，公共汽车的车速不过 40 公里左右。经过侏儒山、石牌岭、十里铺……再到终点站古琴台需要近四个小时。一切对我来说都是全新的感触。记得那次我诗兴大发，分别以侏儒山、石牌岭、十里铺为题，写下了三首小诗。

这次到表哥家，我没有去浏览武汉青山的风光，只是在他家里读书。尤其是读他书架上的几本《世界文学》杂志，尽管到今天这些书的内容已经模糊不清，但通过这本杂志，我认识了保罗、萨特、弗洛伊德、卡夫卡等大文豪。这个小小的书房为我打开了一扇通往世界文学的窗。

我临走前，表哥把我叫到他面前对我说："表弟，听你大姐说你喜欢写文章，很好啊！这次我送你一支钢笔，希望你的笔下有好的作文。"我受宠若惊，把这支笔作为珍宝一直好好保存，悉心使用，直到笔尖分叉到完全不能使用才放弃。

记忆中这是在我读书以来我心中的偶像对我唯一一次鼓励，尽管只有一句话、一支笔，却在我的心头激起了巨大的浪花，他的这一举动更加增添了我奋斗的力量和勇气。

机会是为有准备的人留着的。1977 年，国家恢复高考给了我机会，我义无反顾地参加了高考。身边有很多人认为我不知天高地厚，甚至还有人当着我的面讥讽我。就在这些质疑声里，我居然被初录了。不过，同学们的通知陆续到来，而我的通知却不见踪影。

这时，有一个消息传来，省城武汉市内大学录取工作已经结

故乡有棵木子树

束了，如果初录的考生能够在武汉找到住处，可以申请武汉市的大学。这时我想到了表哥，我想我能否到表哥家住，然后申请省城武汉一所大学走读，实现我的大学梦。

不顾父母亲的劝阻，我只身一人来到表哥家。但到他家里后又实在难以开口。表哥依然住在那个筒子间，梓轩和梓媛都已长大，为了让他们各自有单独的房间，表哥把原来的客厅和厨房隔出一间很小的单房让梓媛住着，厨房和客厅的空间显得十分窄小。表哥一家的住房如此狭小拥挤，哪里还有多余的空间给我呢？

最终，我没有开口向表哥表达我的诉求，只是告诉他今年高考我已过了预录关，想散散心，先到这里看看表哥表嫂。

表哥说："那很好！这第一次恢复高考能初录不简单，说明你有一定基础，如果你录不了，1978年夏季马上到了，又有一次考试的机会，你就报考理科，你一定能行的。"尽管有几分失意，但有了这句话，我依然信心满满地回到了沙湖。

六

我在高考招生的最后阶段被华中师范学院荆州分院中文系（后来改为荆州师专）录取。三年的大学生活中，我如饥似渴地读书，我的文字能力也得到了不小的提高。大学毕业后我被分到仙桃城关一所中学教书，不辍笔耕，发表了一些作品。当市委办公室需要"笔杆子"在全市遴选合适人选时，我被选调进入市委办公室，开始了名副其实的爬格子生涯。

我在奋斗的过程中，一直关注着表哥的人生轨迹。1978年，他由学生处处长升任武汉钢铁学院宣传部部长；1982年又调任武汉建筑工程学院（武汉理工大学的前身）党委副书记；1986年调任省高等教育工作委员会副主任，主要负责全省高校学生思想政治工作；1988年调任武汉音乐学院党委副书记，其间曾任全国高校思想政治工作学会常务理事、湖北省高校思想政治工作学会秘书长。毋庸置疑，他在学校政治思想工作领域是很有建树的。

2009年5月，我已步入知天命之年，得知表哥身患肾衰竭，已病危住院。我急忙赶赴省人民医院去看望他。那时他已在重症监护室躺着，靠呼吸机维持生命。我去的时候，在重症监护室守护着他的除了他的儿子女婿外还有两位小伙子，通过介绍得知他们是表哥的学生，表哥是他们的恩师。

看到他们，我想，看来不仅仅是我，表哥那高尚的人格魅力，不知影响并改变了多少人的命运！在他生病时有这样的学生陪伴在身边，难能可贵，实属不易！

我进来时梓轩说他刚刚睡着了，便把我叫了出去。梓轩告诉我，他在病情恶化的时候表现出十分平静的心态，没有就此躺下，而是边治疗边支撑着处理后事。他对梓轩和梓媛说，你们已经完全能自食其力，我就不留遗产给你们了。他去了一趟湖南老家，将自己所有的积蓄63万元全部捐给家乡办了一所小学，命名为"德平小学"，了却完这桩心愿后，他才在医生的强烈要求下，躺在了病床上。梓轩说，他父亲面对死亡非常坦然也非常坚强。

我和梓轩在外面聊了一会儿，表哥的女婿过来告诉我们他醒了，我们马上进入病房。梓轩对他父亲说："你的表弟景岗来看你了。"我马上来到他床头，他见到了我，已经有些迟钝的眼神里带着几分诧异。见他的右手动了一下，我马上紧紧地握住他的手，专注地看着他，然后向他倾诉了一段发自我内心深处的表白。

我告诉他："表哥，也许你根本不知道，这些年来我内心深处对你是多么的崇拜与敬仰，我把你当作我生命中的贵人，你为我播下了理想的种子，是你让我对人生有了全新的认知，是你给我了一个更为博大的胸怀与格局，也是你为我竖起了一个崇高的做人标杆。因为你,我才拥有了奋斗的方向与目标,因为你,我才有了披荆斩棘、百折不挠的锐气,也因为你,我才能把自己的人生书写成无怨无悔的篇章。对我来说,你就是一座高峰,恐怕我的人生已无法超越,但因为我如你一样努力过,付出过,所以无怨无悔!

所以,尽管你没有对我提出过任何期许,作为我心中的偶像,我依然要坦然地对你说,我没有辜负你! ”

说完,我流下了伤心而又激动的眼泪,表哥的脸上仿佛露出一丝欣慰的笑容。

紧紧地握着表哥的手,我心中默默地祈祷着:表哥,你放心地走吧,临走前你千万别忘记,我这个刻骨铭心崇拜并追随你的表弟会永远记住你!

两天后,我的表哥舒德平安然辞世,享年 77 岁。

永不消失的眷念

一

如果一个人时常在你梦中出现，那他一定是融入在你生命之中了。

有时候，我一个人在满天星斗、万籁俱寂的夜里，或是在细雨绵绵、朔风阵阵的白昼，看着茫茫的苍天与无垠的大地，思绪万千，总会想起他——我的发小，我亲密无间的朋友庄欣平。我冥思苦想地追寻着印象中的他，思念着他，执着地要把一件件支离破碎的往事复盘似的一一收拢起来，以填充那封存久远却又豁然洞开的记忆。

我和庄欣平是小学二年级下学期认识的。那时我才七岁多一点，他比我大一岁。我从彭场小学转入沙湖小学插入二（一）班，和他成为了同桌。我们都长得十分瘦弱，我比他还要矮小些。

弱肉强食是这个世界的铁律，那么瘦小的我，自然要成为那些好事学生欺凌的对象。经常有同班或不同班的学生以种种借口,要么羞辱,要么揍我一顿发泄一下。

有一天,高我一年级的某同学莫名其妙地栽赃我,说我说了他的坏话,居然跑到教室里不问青红皂白地给了我一耳光,我眼冒金星,紧握双拳,怒目相对。不甘欺凌的我使出全身的力气还了对方一拳。我们在教室里扭打起来,对手本来就高出我一个头,而且长得很壮硕,他像老鹰抓小鸡似的,提着我的领口狠狠一摔,将我摔倒在地下,接着又扑上来,骑在我身上,举起拳头对着我的头砸下去。当我闭上眼睛准备迎接这无法躲避的一击时,那拳头居然没有落下来。我睁开眼,只见庄欣平拿着一把扫帚,对着打我的那个人一阵乱打,那人抱着头,我见此机会使出全身力气,翻过身将对手推翻在地,然后将整个身子扑上去,死死地压住他,庄欣平手握扫帚,站在一边,指着某同学说:"你再动手,我马上用这扫帚打破你的头!"

一场斗殴就这样结束了,这也是我入学以来最为扬眉吐气的一天,两个弱小的人拧成一股绳,居然将一棵大树扳倒,而正是这场胜利,使我们两颗幼小而脆弱的心紧紧地贴在了一起,我们成为了亲密无间的朋友。无论是上学,还是放学,我们总是手拉着手。这种亲密无间的友谊形成了一种无坚不摧的力量,再也没有人敢随意欺凌我们中的任何一个人了!

二

庄欣平家是一个典型的传统家庭。他的母亲年轻时,曾是沙湖小镇上的一朵花,端庄而美丽,因其父母膝下只有三个女儿,为了延续香火,作为大女儿的她十八岁就招了一个上门女婿。他的父亲其貌不扬,老实巴交,也没有正式的工作,好在是有一门手艺——修理人力车和自行车。于是他父亲就在镇上大码头附近租了一间门面修车来维持一家人的生计。

庄欣平的父母婚后一连生下七个孩子，五男二女。为了养活这七个孩子，他的母亲长年累月地带领孩子们编芦席，他的父亲也日以继夜地修理各种人力车、自行车。尽管付出了比一般人更多的劳作，但家庭仍然十分拮据。

庄欣平在七个孩子中排行老三，在儿子中排行老二。我们十岁左右时已是形影不离，我成为了他家的常客，他们一家人也对我十分友善。我们经常放学吃过晚饭后便结伴而行，漫步在他家后门一条正在修整的道路上，站在沙湖大桥桥头，看着满天的星斗，谈友谊、谈生活、谈学习。两个孩子在漫天星空下畅谈着自己对未来的一切展望。

20世纪60年代末，自行车是奢侈品，如果谁有一辆永久、凤凰或者飞鸽牌自行车，那他一定会是镇上最风光的人。我和庄欣平谈未来，谈梦想时多次提到长大了一定要买一辆自行车，每天都在这条并不很长的大街上骑上几趟，然后，骑出沙湖这个小镇，带着期待和梦想骑到县城，骑到省城，去看看外面那精彩的世界……

有一天我突然问庄欣平："如果我们将来有了自行车不会骑怎么办？"庄欣平好奇地看着我，反问："没影的事，操那个心干吗？"他没有懂我发问的意图，我每天去他父亲的修车铺时，早就眼馋动了心思，琢磨是否能在修车铺找一辆修好并滞留在那里的自行车，将车悄悄地弄出来让我们学呢？见他没有悟出我的心思，我就直白地说出了想法。

他的父亲整天忙忙碌碌，很少有笑脸，庄欣平自然是十分敬畏他父亲的。见他一副为难的样子，我说："怕开口吧，不用你说了，由我来说，你爸爸答应不答应都无所谓。"他点头答应了。

那天下午一放学，我便拉着他跑到店子里。他的父亲比我父亲小几岁，姓孙。我嬉皮笑脸地凑过去，亲亲热热地喊了声："孙叔叔。"正在干活的他抬起头,看着我居然露出了一丝笑容,道:"叫我有么事?"我立即把我的想法一股脑全说出来。本以为会迎来一顿喝斥或者臭骂,万万没想到他老人家稍迟疑了一会便指着一辆已修好的杂牌组装车,对我们说:"吃过晚饭你们就把这辆车推出去学吧,要注意安全啰。"我们喜出望外,飞快跑回家吃饭。

我们俩把自行车推过沙湖大桥,当年在沙湖大桥南侧靠右的地方有一个晒谷的禾场,约有三个篮球场那么大,在那里我们开始了学骑自行车的经历。

记得很清楚,那是1967年深秋的一个晚上,满天星斗。我大约只有1.3米的个头,庄欣平约有1.4米。学车时我们都够不到自行车的座位,只能骑在横梁上。他倒是可以踩上整圈,而我因为腿短只能半圈半圈地踩。我们俩恪守规则,先是我扶着后座,他上车踩着脚踏转两圈,接着是我再上去骑,那天晚上我不知摔了多少跤,来不及休整,也顾不上疼痛,两个执着的少年在那略有寒气的秋夜里折腾到深夜,弄得大汗淋漓,直到两个人都可以放手地沿着禾场转三五圈,才兴奋不已地把车送回铺子里。

第二天我又拉着庄欣平来到修车铺,老头子一见到我们倒开心地笑了,说道:"不错呀,车还没被你们摔坏,今天再给你们练一天,以后就不再想这心思了。"

这个晚上,我们调整了学车地点,夜里就在那无人无车的碎石公路上,一个人骑一个人追,来来回回,练习到深夜才心满意足地回家。我们信心满满地告诉他父亲,自行车我们已学会了。老头子听到后非常高兴,连连道:"不错不错! 再想骑车到这里来,有机会我再让你们练。"

在往后的日子里,我们经常找机会从修车铺拿车出去练,不到一个月时间,庄欣平和我都可以相互捎带着将车从沙湖骑到中帮再从中帮骑回来。

少年的我们就这样圆了学骑自行车的梦。

三

岁月一天天流逝，我们也在长大，随着身体一同向上拔节的还有我们对生活的热爱，对知识的渴望，对外面世界的好奇。

某个夏夜，已读初中的我们伫立在沙湖大桥上，看着波光粼粼的通顺河，我对庄欣平说："听说我们的县城仙桃很大，而且街道全是水泥路。"（我们沙湖街当时还是石子路。）他说："我也听说了。"我马上说："那几时我们去看看吧。"他用十分诧异的眼神看着我："听说离我们这里有八十多里，搭车去需六角钱（当时对我们那是巨款），走路一天都走不到。"我抢过话头说："骑自行车去呀。"

他明白了我的意思，但自行车从何而来？当时，要找任何人借一辆自行车用上一两天，那可是天大的人情，以我们这小小读书郎的身份根本无法借到车，于是我们再不说什么了。

然而去仙桃的愿望产生后，竟然越来越强烈，几乎到了不到黄河心不死的程度。我们每天走在一起都要讨论这个话题。终于有一天，庄欣平告诉我，镇里有家厂收款收回一批自行车零配件，放在他父亲铺子里要他父亲组装出八辆自行车来。

这岂不是机会来了吗？下午我拉着他一起来到堆满零配件的铺子。看老头子满头大汗还真不好开口，倒是老头子主动问过来："今天到这里来是不是又有什么歪点子，说来听听。"见老头子这么爽快，我马上将我与庄欣平想骑车实现仙桃一游的想法告诉了他。老头子笑着说："你俩人小心大，想到仙桃见见广（世面），这个想法不错，我支持你们，到明天，我的手上可以装好两辆车，你们早上来骑，可要当天去，当天回！"我和庄欣平听到后，高兴得跳了起来。

第二天早上刚好是星期天，不到六点，我们俩骑着才组装好的两辆崭新的自行车，踏上了仙桃之旅。

记忆中的那趟浪漫之旅初始是轻松愉快的。我们骑着车，轻松地踏着脚踏，行进在通往仙桃的碎石公路上，尽管道路颠簸，但愉悦的心情淹没了所有不适的感觉。骑到彭场镇用了两个小时，我们都有些疲劳了。我们找到一个树荫歇了一会后继续前行。将近十点半，我们走过刘口闸，进入汉江区便开始在水泥路面上轻松地行进，约十点一刻便进入了仙桃城区。

迎面而来的是宽阔的新路和道路两旁一栋接一栋的楼房，尽管楼层最高不过四层，但在我们眼里看来，那就是一个新世界，一个令人心神向往的圣地！通过问路，我们来到解放商场，那是当年仙桃最大的商场。新车没有锁，我俩就轮流着一个看车，一个去逛商场。看着那琳琅满目的商品和穿着时髦的天仙般的营业员，我们真好像来到了仙境。

逛完商场，已近中午，饥肠辘辘的我们在车站餐馆买了4个馒头充饥，便开始返程。一路上我们说着一定要告诉亲人和同学，仙桃是个好大的城市，那里人来人往，非常热闹。那解放商场大得很，进去逛半个小时都逛不完。城里的人穿着整齐、洁净，尤其是商场的工作人员，男的俊美，女的特别漂亮。我们双双约定，将来一定好好努力，争取在仙桃找一份像样的工作！

我们返程共用了近四个半小时，下午不到六点便回到了家里，并很快将自行车送了回去。

单车仙桃游的浪漫之旅就这样结束了，除了大开眼界，还留下了大腿内侧几天的灼痛和腿部肌肉持续的酸痛。

四

我们那个年代初中学制为两年，1973年初春，初二的上学期，庄欣平突然告诉我,他家里不让他读书,准备让他参加工作了。我听了心里一惊,不解地问:"还有半年就可以拿到初中毕业证了,为什么不读了?"庄欣平在我们班上成绩还是很不错的,以他的成绩考高中应当没有问题,就这样白白荒废学业实在是太可惜了。他不说话,一脸沮丧,眼泪在眼眶里打转。

我拉着他来到他家里,他母亲见我打抱不平的架势,摸摸我的头说:"儿啊,我知道你不想让欣平辍学,我也是没有办法,我们家人多收入少,供不起这么多孩子上学。正好她姨妈弄了一个镇上印刷厂的招工指标,几个孩子里只有他年龄合适,他不去这个机会就没了。像我们这样穷家小户的孩子不如先找份工作划算。"见她老人家说到这个份上,我也就没办法再说什么了。

我只知道从此我再去学校就没人结伴而行了,我也知道,欣平肯定是不愿意辍学的,但胳膊拧不过大腿,既然家里已作决定,他只有服从的份。

然而我们之间的友谊并没有因为他的辍学而中断。只要有空,我就来到他工作的车间,看着他工作。

欣平当时是印刷厂的排版工,他的车间里,满是用木盘装得整整齐齐的字模。欣平告诉我,这些铅字模可以通过拼音或部首进行检索。排版时需要什么字,他都可以熟练地找到。印刷版是铸铁做的,排好的铅字一般是放在印刷预留的空格内,用铅条或铅块固定。版排好后就交到印刷车间,那个时候镇印刷厂用的是手工印刷机,每台机器右侧都有一个偌大的轮子,工人用脚一踩,那轮子就转动起来。轮子惯性巨大,工人工作起来脚不用很大力气就能踩得动。轮子转一圈,一张印刷品就应运而生,整齐地叠放在操作工人的左手边托架上。

我去印刷厂去得很频繁,那里的工人都认识我了。只要我一进厂门,就有人喊道:"欣平,你的朋友来找你了。"

我当时作文很好，理想是当一名作家。看着印出的一张张飘着油墨香的文稿，我也会沉浸在我的作家梦之中，期待着有一天我能将自己的文字通过庄欣平的排版变成铅字，送到广大的读者手中。

五

1975年高中毕业后我就下放到农村了，尽管庄欣平已工作近3年了，他依然羡慕我读书下放的生活状态。每逢休息日，他便骑个自行车来到我们下放的点，坐在我房间同我谈天说地，他总在抱怨他的父母将他的人生引入了一个死胡同，不像我依然拥有一双翅膀，能在更广阔的蓝天翱翔。

1977年下半年国家恢复高考制度，我兴高采烈地告诉庄欣平，我准备参加高考了，他也十分高兴，鼓励我："你原来在学校成绩那么好，一定能考得上的！"他对我信心满满，逢人就说："文京这次肯定考得上。"

高考预录的通知书到了，我果真榜上有名。得知这一消息后，他比我还要兴奋，那天他早早地来到厂里，在偌大的印刷车间，他振振有词地对同事们宣布："我的朋友文京考上大学啦。"在场的人用不屑的眼光看着他，似乎在问：文京考上大学与你何干，与我们何干。尽管场面如此尴尬，他依旧兴致勃勃道："我就知道你们不敢相信，但我早就料到他肯定考得上，太让人扬眉吐气了。"说罢，他高昂着脖子走进了自己的车间。

我的录取通知姗姗来迟。通知书是华中师范学院荆州分院（后改为荆州师专）中文专业。这并不是我心中的第一选择，我毫不犹豫地将通知书撕掉，准备来年再考。我的父亲看到通知书被撕，一把抢过来，大声呵斥我："反了你啦，不知道自己有几斤几两，国家给了机会你还挑肥拣瘦，你给我老老实实地粘好，乖乖地按时报到！"我是个从不忤逆父母意见的孩子,从没见过父亲对我这样发脾气。无奈之下我只好边擦委屈的眼泪,边用糨糊把通知书粘起来,放到信封里。

上学的前几天,家里要我叫了几位同学在家里吃了一顿大餐。那天庄欣平也在场,我们喝得酩酊大醉。喝完酒,我和庄欣平手挽手,肩并肩往沙湖大桥上走,我们伫足桥边,又天南地北地谈起人生,谈起理想。对着星光闪烁下波光粼粼的通顺河水,我们执手约定,将来一定齐聚仙桃,打拼人生！时值深冬,寒意袭人,晚风徐徐吹拂,酒劲随之奔涌上来,我俩双双在桥边呕吐起来,那是一种搜肠刮肚、歇斯底里的吐。吐完我们俩双双拥抱着,莫名其妙地哭了起来……

庄欣平执意送我去上大学,我的行李很简单,一口小木箱,箱子里装着几件换洗衣服,一床棉絮,还有一床薄薄的被子。他帮我提着箱子,我背着行李,我们一起到学校。

报到时,老师见我的通知书是粘起来的,便问我是怎么回事。我如实回答:"我不想到这个学校来读书。"那老师面有愠色,严肃地说:"如果你真的不愿意上我们这所学校,可以放弃,今后还有机会,马上又有一次考试嘛。"我听这位老师一鼓动,心里马上跃跃欲试,立马出门找到欣平,告诉了刚才的情况。欣平一听,马上正色道:"开玩笑,你户口转了,客也请了,下放生产队里的关系也断了,再回去人归何处？不要再纠结这个事了,要想出人头地不一定上好大学才成,只要努力学,照样可以成就自己！"听着他的一番劝说,我默默地转身去报到处了。

六

大学毕业分配,我顺利地到了仙桃城关一所中学担任语文老师,庄欣平也几经周折从沙湖镇调到城关,我们果真实现了年少时的约定,定居并工作在仙桃了。

到了 20 世纪 90 年代中期,我在县委办公室工作,整天泡在公文里,一周下来忙得头昏脑涨。庄欣平则迷上了垂钓,偶尔会将他钓的鱼送到我家。有次他送鱼过来,看到我疲惫不堪的样子,便对我说:"文京,不要老闷在家里,哪天有空陪我去钓鱼,散散心,放松放松。"我欣然同意了。

他提出与我钓鱼的那周,我加了两个晚上的班,将领导交办的材料提前弄好,腾出了一个周末休息日。

一切都是庄欣平为我准备的,钓鱼竿、鱼饵、小板凳、遮阳伞、渔网……

我提出找一个精养鱼塘去垂钓,他断然拒绝了,说:"我带你到野坑去钓,保证你能钓到鱼。"

临出发的前一天下午,他叮嘱我:"俗话说,早钓一点红,你可要起个早床,我们到钓鱼地点骑车大约要 40 分钟,这夏秋之际天亮得早,至少要在五点钟出发,争取六点左右到达垂钓地点。"

不到五点半,我们便在指定的地点会合了。那是个晴朗的早上,海蓝的天空繁星点点,一轮半月还斜挂在空中。我俩骑自行车匆匆赶往目的地,自行车在柏油公路上轻快地行进着,一股莫名的兴奋油然而生。我们又谈起了当年结伴去仙桃的情形,我感慨地说:"当年我们向往繁华的城市,带着梦想和期待单车走仙桃,今天我们却要远离喧嚣的都市,奔向田野,投入大自然的怀抱。"庄欣平笑着用略带揶揄的口吻说:"我的大作家又诗兴大发了!"

不一会,自行车拐进了乡间小道,我们只能一前一后地行进。行进中,他头头是道地向我普及着垂钓的基本知识。不到 40 分钟,我们顺利地到达预定地点。

我们这次垂钓的地点是行洪道。行洪道是用来分担洪水压力

故乡有棵木子树

的，汉江汛期如果发大水，就通过行洪道分岔，直接将溃水排到长江，以缓解江汉洪水对武汉市的压力。正值洪汛期，行洪道积水很多，一个接着一个被洪水冲刷而形成的近百亩大土坑比平常宽大很多，土坑长满繁茂的水草。庄欣平告诉我，在水草空隙间将麸皮和水酒的混合物捏成球，扔到里面，打好窝子，把鱼引过来，再开始垂钓。

不到六点半，所有的准备工作就绪，垂钓开始了。

那完全是一边倒的比赛，开钓没几分钟，庄欣平就旗开得胜，钓到一条2两多的黑背鲫鱼，接着，他连连得手，起鱼时的"扑腾"声不断敲打着我的耳膜，而我钓了近半个小时毫无斩获。偶尔也有鱼咬钓，心急的我急忙起竿，结果钩被拉出水面，鱼饵没有了，却不见鱼的影子。无奈之下，我放下鱼竿去观摩他垂钓。

他对我笑了笑，说道："钓鱼首先要心静，再就是要掌握要领，把握火候。你看着我这浮漂，又有鱼咬钩，不急起竿，是鲫鱼的话一般会咬钩再缓缓地横在水面上，这时，你轻轻起竿必然手到擒来。如果是黄骨鱼（黄颡鱼）、鲶鱼，一定会把浮漂深深地往下拉，拉到水面见不到浮漂，这时，你也只要轻轻起竿，十有八九可得手。"说话间，那浮漂骤然向下坠，这时他轻轻起竿。好家伙，一条近半斤重的鲶鱼很快挣扎着浮出水面，他十分敏捷地用左手拿起抄网，对准挣扎的鱼轻轻向下一捞，鱼稳稳地装进网兜，那动作干净利落，十分专业。

接着我又观摩他钓了两条鲫鱼，这才自己去操作。在他的指导和启发下，那次我竟钓了十条鱼，加起来接近一斤。而他那天手气极佳，钓了7斤多鱼。这次可谓满载而归，他对我说："第一次钓鱼你能有这么好的成绩说明你的悟性很高啊！"我笑着回答说："你总说我样样比你强，你看这垂钓你比我强多了，我还得拜你为师！"他笑了笑说："雕虫小技，不足挂齿，你聪明，多钓几次就可超过我了。"

有了这次经历，我还真的对钓鱼产生了兴趣。不仅因为可以改善生活，更重要的是我能与庄欣平在一起，在那广袤而充满生机的大自然里共同呼吸新鲜的空气，享受着我们心心相印的美好时光。这以后，只要能腾出时间，我就与庄欣平一道，骑着自行车，投入到大自然的怀抱。

七

随着时间的流逝，我们各自的生活呈现出不同的状态。忙碌的生活让我们聚少离多，但只要在一起，我们依然有说不完的话。我爱听他讲他经历的一些凡人奇事，他爱听我讲如何为官。更多的时候是他总用一双好奇的眼睛看着我，极其认真地听我给他讲那些为政的故事。最难能可贵的是我为政多年，他从来不曾为自家的私事求过我，每每谈起这个话题，他总是说："我对你承诺过，对你为官最大的支持就是不找你的麻烦，不拖你的后腿。"

2006年9月，我的发小、我的挚友、我生活中的灵魂伴侣庄欣平因肝癌不幸离开了人世。临终前，他执意要妻子把我叫到他跟前，他握住我的手，我们四目相对，泪不停地往下流，渐渐地，他闭上双眼，停止了呼吸。

我想，一个人的一生中一定会面对很多次生离死别。在庄欣平离开人世的那天，我深切地感受到了一种前所未有的撕心裂肺的痛。与他交往的场景历历重现，随之，绵绵的思绪似海潮般汹涌。因为他，我不再弱小，不愿再受欺凌；因为他，我在青年迷茫时期明确了方向；因为他，我有了更多自信和与生活搏击的勇气；因为他，我更深刻地体会到人间的善良；也因为他，我感受到了不掺杂一丝功利的珍贵友谊！

庄欣平，你是我永不消逝的眷念！

故乡有棵木子树

　　总想回到度过年少时光的那块地方去看看，当真的踏上那块土地的时候，却已经找不到当年的痕迹了。眼前的面目全非无法抹去我那些刻骨铭心的回忆，顷刻间，记忆的闸门像洪水一样汹涌而来。

　　故居的门前是一条缎带一般的河，那是仙桃的母亲河——通顺河。河床百来米宽，河水清澈见底，缓缓东流，河堤平缓而夯实。绊根草、狗尾草、鸡冠花草、牵牛花、地米草……重重叠叠，繁茂兴盛，河堤边一年四季穿着绿色的盛装，艳丽的花朵又将它点缀成五彩斑斓的画卷。

　　从河堤北侧顺堤而下，是一排T型的房屋，与河堤平行伸展，约有六间筒子屋，我们和其他两家人就住在这里。向北延伸的是"I"字型的房子，是一个偌大的车间，里面摆放着车床、冲床、钻床等。在房屋与河堤之间，是一片开阔的地带，西边是一个一亩见方的水塘，东边是一眼废弃的破窑，正对面是一片的草坪，在草坪中央，生长着一棵约三十米高，有百年树龄的木子树。

这棵树约两人才能环抱，主干底部有一个小桶口粗、一尺半深的大窟窿，可能是雷击或者是被人为损毁的，但这道深重的创伤并没有阻挡木子树生命的鲜活与绽放，一年四季，它昂扬生长，深绿色的小阔叶密不透风，它舒展着巨大的树冠，结出了密密麻麻的白色籽粒的果实。这棵沧桑的木子树，见证了那个年代令人难以忘怀的一些往事。

当年，我们住在通顺河堤的下面，河堤上往西走有百十户人家，多数是沙湖砖瓦厂的工人。这些小镇上最早的产业工人来自五湖四海，有地道的农民，有拥有一技之长的工人，有旧时代的军人。一个村庄，演绎出一个又一个时代的故事。

总忘不了一个叫方志山的人。据大人们讲，他是个大学生，他身材修长，狭长的腰子脸长期是青灰色的。他是砖瓦厂的瓦机工，主要是将和好的黄泥挤进制好的模具里，由他用手重重一压，再揭开，让输送带送出一片机瓦。认识时，他已经是三十大几的人，孑然一身，可能因为身边没有人照顾打理，衣着十分邋遢，加上每天都喝酒，一喝至少是半醉，所以老远就可闻到他身上有一股难闻的气味。

但我们这帮孩子仍然十分乐意靠近他。每当我们走近，他很有可能从他那臭烘烘的口袋里掏出几粒香喷喷的糖果，让我们能得到那个年代很难享受到的美味。有时他喝得半醉便在这木子树下，不大连贯地为我们讲述历史故事。他喜欢打乒乓球，球技了不得，那个小镇基本上没有他的对手。然而，他的生命不到四十岁就枯萎了，可能是喝了过量的劣质酒，醉死了。

记得那是个非常寒冷的冬天，雪很大，他在那间窄小的单人宿舍里悄无声息地停止呼吸。砖瓦厂的向厂长主持，将他土葬在了砖瓦厂的墓地。大雪纷飞，不少人参加了他的葬礼，也不乏我们这些孩童。下葬的人为坟墓堆着土，寒风肆虐，不远处的木子树在风中发出呜咽似的响声。

在这个村落里,有一个特殊的人家,户主姓卢。记忆中,他颠覆了我们很多根深蒂固的观念。他家似乎什么都可以食用,如蛇、蚱蜢、猫、乌龟、甲鱼、蜂蛹等等,在我们看来,这完全是不能吃的。

这个家庭出了两个名伶,一个大女儿叫卢春玲,是地方花鼓戏的花旦,唱红了整个江汉平原,其大红大紫的地位,三十年没有人能撼动。他家的大儿子卢俊杰也是从事文艺工作,据说在省里一个文工团工作,是个吹奏乐手,我们不知道他吹的那个神秘的乐器是什么。每逢假期,他便来到这木子树下吹奏着一些曲目。那时,我们只觉得,从他那黑色的管子发出的声音不是当年流行的《东方红》《大海航行靠舵手》等曲目,而是让人耳目一新的旋律,那黑管里流淌出来的声音,时而低沉、舒缓,如泣如诉;时而激越奔放,如情感的洪流汹涌;时而悠扬欢畅,如一位得意的歌者在倾诉衷肠,那声音仿佛从梦中生发,在空灵的梦幻中飘扬,再余音袅袅归于洪荒。

童年的我完全被这种天籁之音所倾倒、迷醉,成为了他的铁杆粉丝。那时大人们讲,他的演奏不是靠中气来吹奏的,是用他的心和血在演奏!甚至有人说,如果你们不相信,可以悄悄地到他家里去看看,他每演奏完,把这支黑管悬在他房间一个特别的地方,那里面就有血一点一点地滴到他事先放好的一个洁白的瓷盒子里,那般红色的鲜血在那白色的瓷盒里显得格外耀眼醒目!我们当然没有机会去看到那凄苦的一幕,但我却知道,在木子树下那缠绵悱恻的乐声是献给他的心上人的。那个美丽的女孩就在那个村落,他非常想用他动听的音乐来传达他的倾情与炽爱,让心上人感受他对爱的痴迷与渴望。

然而,动人的音乐没能吹进女孩的心,一场如泣如诉的暗恋最终也归于平静。从此,我们再也没有听到那低沉、雄浑、如痴如醉的演奏声了。

在这个村落，还有一个同龄人也算我少年时的朋友，叫李一民。他身材修长，皮肤白皙，面容清秀，话不多，一副文弱书生的模样，在学校各科成绩很好。

中专考试后，学生们都在家里等着通知，我也不例外。李一民每天下午都在木子树下徘徊，期盼着自行车的铃声，期盼着邮差从河堤上出现，可是录取工作接近尾声，他的通知依然杳无音讯。

村子里的议论声层出不穷，就在这鄙弃与轻蔑的语言满天飞的一个早上，李一民竟然把自己吊死在木子树下！当我得知这个消息的时候，人们已经把他从树上放下来。他的家人默默地把他葬在了离木子树不远的墓地。万万没有想到的是，他死后不到十天，中专录取的通知书居然来了！

这迟到的佳音是永远无法安抚他那九泉之下的灵魂的！带着这张迟到的通知书，我们几个同学和他的亲人一道，十分凝重地来到他的墓前，把这张纸点燃，火苗很旺，几秒钟的工夫，那张纸就变成了一道青烟，飘向天空。

第二年暑期回家，我独自来到他的坟前，只见那座与木子树遥遥相望的小土堆长满杂草。除了熟悉的人，没有任何人知道，这里躺着一个不甘寂寞，英年早逝的翩翩才子。

岁月在匆匆流逝，故乡的木子树经历过近百年的炎炎烈日的炙烤，风霜雪雨的侵蚀，电闪雷劈的冲击，依然郁郁葱葱地生长着，百折不挠，生生不息。它使我想起了风雨飘摇中的那些人、那些事，他们不也正像那木子树一样，在不停地求索与攀缘，为了生存，为了爱，为了美好的生活，不屈不挠地追求着，充满活力地奋斗着，他们的生命虽然艰辛、短暂，却像一道灿烂的闪电，划破黑暗的天空！

往事如烟

往事的确如烟,有的似一丝轻烟飘然而逝,有的似一片云烟随风隐去,也有的似一股浓浓的大漠狼烟,在那广袤的原野上蓬勃地生长着、膨胀着,久久盘旋在大地,难以消散。

1975 年,我高中毕业,作为小镇的知青下放到一个叫保丰二大队的农村。那一年我 17 岁,正是爱做梦的年纪,幻想着、也试图捕捉着改变命运的机会。

1977 年,我抱着撞大运的心态参加了那场高考。尽管没做太大的指望,但在心里还是存着几分期待。我们队上多数知青参加了考试,成绩好坏自然而然成为大家热议的话题。

记得应当是 1978 年元月中旬,我们几个知青正在一起,突然,一个没有参加高考的知青跳出来指着我的鼻子一字一顿地说:"刘景岗,如果你能考上大学,你走到哪里我跪着跟着你爬到哪里!"

我非常惊愕,我与他没有任何恩怨,为何他用这样的语言鄙薄我?但实际上我内心也明白,他的判断有合理之处——我的家庭一贫如洗，作为异乡人没有任何可利用的资源，天上绝不会掉馅饼，上天不会眷顾我这种一文不名的穷光蛋吧。尽管如此，他吐出的每个字像一颗颗锋利的钢钉钉在我本来就十分脆弱的心上！

后来，我被华中师范学院荆州分院（后来更名为荆州师范专科学校）中文系录取，成为了恢复高考制度后的第一届大学生。我没有去找他兑现他的承诺，直接开始了我的大学生涯。然而他那番话却让我刻骨铭心、难以释怀，成为最原始的驱动力。每当我迷茫彷徨的时候，每当我松弛懈怠的时候，每当我失落沮丧的时候，那一席话便重重地敲打着我的耳膜，让我清醒，让我振作，让我重拾奋斗的力量与勇气！

大学三年，我对知识的渴望仿佛叫花子对食物的渴求。为了更好地充实与提高自己，我选择了与仙桃师范的老师交换，到仙桃师范当教师，然后再考研。没想到报到后的第三天，教育局突然通知我改分到仙桃二中，这就意味着我的考研梦基本破裂了。

我不能不面对现实，再说中学老师也是一份很好的职业。当我全身心投入到工作中时，那句话仍时不时在我耳边响起，冥冥之中仿佛看到那人又指着我的鼻子鄙视着我，我振作起来，一刻也不敢放松。在授课之余，多数同事在麻将桌上消磨时光，我却坚持文学创作并陆续发表了一些小文章。以文会友，我在仙桃认识了很多朋。1988年，仙桃市委办公室在全市范围遴选文员，经朋友推荐，我很顺利地入围并于年底调入市委办公室。

进入完全陌生的环境仅一个多月，我就遇到了麻烦。有位领导主管文字，提出要我到秘书科工作，而我完全不适应秘书科的工作。当他派一名科长找我谈话时，我沉默了，是抗争还是妥协？那一番话又在我耳边回荡，理智告诉我，如果我听从命运的摆布，岂不是又一次让他给言中了吗？于是我十分坚定地说，要么我留下来做文字工作，要么放我回原单位。最终那位领导妥协了，让我留下来从事文字工作。我总算有了施展拳脚的平台，不到 8 年，我顺利地从一名办事员做到副秘书长，1997 年 3 月，我被派往乡镇任主职。

我在基层任党委书记 7 年，后又到市劳动局和市人社局任局长 8 年，这期间我也曾经历过许多的坎坷。然而，每当我心灰意冷或举棋不定的时候，那一番话就会像魔咒般撞击着我的灵魂，让我毫不畏惧地迎接挑战。

一次又一次跨越障碍，超越自我，渐入佳境。已步入花甲之年的我很知足了，回首往事，我自以为没有愧对人生。

这些年我越来越怀念那个叫刘蓄毛的知青了，他的那一番话足足伴随了我四十年，成为我人生中解不开的一个死结，它拽着我拼命地往前走，不让我懦弱，不让我屈从，不让我退缩。也让我的心灵不断地被冲刷和洗涤，胸襟变得开阔，变得博大。

起初几年，每当想起那番话，如刺哽喉，有愤懑，有仇恨，有蔑视。随着年龄的增长，我开始逐步理解。这些年，我突然觉得当年那个年轻的刘蓄毛很率真，很可爱！甚至觉得他是我一生中最值得感恩的人之一！我也好想有机会向他当面表达我的这份感恩。2002 年盛夏的一天，我见过一次刘蓄毛，那是在仙桃市复州花园小区，他吊在空中为小区的一户人家安装空调。我好想与他打个招呼握个手，以一颗感恩的心表现出无限的热忱与友好。但那个场面太不方便，我无奈地打消了这个念头。

这段如烟的往事，是我人生难以忘却的心路历程，与大家分享。

故乡有棵木子树

快乐的回馈

　　也许是因为我在多个职务上打拼过，很多人曾试探性地问我：你的职业生涯中哪一段最苦最累？我不假思索地回答说："那肯定是在出任劳动局长那一段！"

　　一般人很难想象一局之长的忙碌程度，你坐在办公室，无异于三甲医院专家门诊的名医，尽管办公室对前来探访的人筛选过，但从四面八方来找你的人总是络绎不绝，有下属向你请示汇报工作的；有相关部门联络工作的；有要求上访解决问题的……诚可谓剪不断，理还乱。一天下来，疲惫不堪，每每下班，所有的人都走了，方有片刻的安宁，但还不能歇着，你面前还有一大堆文件，等待着处理。日复一复，年复一年，除了到省市开会尚能偷得一丝"清闲"，其他时间那就是累得你没商量。

　　有一天，我签完文件，伸了个懒腰，暗中庆幸今天总算下了个早班，收拾好桌子上的书籍文件，刚跨出办公室门槛，就见一个头发凌乱、衣着陈旧的老人站在我面前。我先是一怔，怎么这么晚，还有人在办公室门口等着我？仔细一看，这不是余春林余叔叔吗，我试探性地问了一句:"您是余叔叔吗?"

他略有些吃惊地点了点头,怯生生地应道:"还记得?真是好记性!"

眼前的余叔叔已找不到30多年前年轻英俊的样子,一副老态龙钟的模样,但他那善良、真挚、朴实的眉目还在,还有他那让我刻骨铭心的眼神,让我一眼就认出了他。我恭敬地迎上去,握住了他的手,礼貌地说:"有什么事进办公室坐下来说。"

将他迎进办公室里,我为他沏好茶,放在他座位的茶几上。他依然站着,我示意他坐下,他的手有些微微颤抖,从裤兜里掏出两包烟递到我眼前,我马上回绝道:"我不抽烟,您留着自己抽,有什么事尽管给我讲,我会尽力而为的!"见我一脸的真诚,他坐下,打开了话匣子。

他告诉我,他今年已经62岁了,作为一个国营单位的职工,却享受不了退休的待遇。

余叔叔我是知道的,他过去曾在国营沙湖拖拉机站担任技术员、机务队长、农机供应站副站长,享受退休待遇应该是天经地义,怎么会什么待遇都没有呢?我问他:"您工作的最后一站在哪里?"他告诉我在通海口农机供应站。我又询问他是否受过什么处罚,他很干脆地回答:"没有。"听罢基本情况后,我对余叔叔说:"既然如此,我会想办法为您办理此事,只要不违背政策,我一定为您落实退休待遇!您先和我去吃个饭再说。"

尽管他一再推脱,我依然生拉硬拽地把他弄到附近一家餐馆,点了两菜一汤,陪他吃了一顿晚餐。

见我如此热情,他初来时那张愁苦的脸总算舒展开来,面庞上居然露出惬意、轻松的笑容,临别时他紧紧地握着我的手不住地说:"拜托了,拜托了!"

望着他离去时佝偻的背影,我想,我一定要为余叔叔解决后顾之忧,让他能安度晚年!

余叔叔到来勾起了我记忆深处的一些往事,步行回家的路上,他那亲切的样子又浮现在我眼前。我必须为他解决退休待遇,我敦促自己!

没过几天,我专程去了一趟余春林(余叔叔名)的家。这哪里是一个家呀!那是一间不到30平方米的矮小的砖房,家里除了一张床、一台14英寸老式黑白电视机外,连放衣物的柜子都没有。外屋是一个厨房,地面凹凸不平,我找了一个板凳坐下,余春林用颤巍巍的双手为我端来一碗热水。询问他的情况,原来,因为没有退休工资,两个生活拮据的儿子都不肯收留他老两口。他们只好在这里靠修理农机来勉强维持生计。问来问去,他之所以不能退休是因为没有人事档案,要想为他办理退休,必须找到原始的依据。

我带着沉重的思绪回到局里。作为国家职工,余春林的这一身份是铁板钉钉的事实,那么证明他身份的档案到了哪里呢?

我找到农机局,农机局分管人事的同志非常热情地接待了我,但说到这个事情,立马表现出一脸无奈,他告诉我:"这是个老话题了,这两三年来,余春林同志为这个事不知跑了多少路,我们也找遍了职工档案,就找不到他的东西。1988年,余春林同志有过一次调动,因为农机站重组,将他调到了通海口,估计档案是在调动移交过程中丢失的。"

带着一线希望,我又派人专门去了一趟通海口,回来的同志告诉我,那个厂已经破产,人员全部下岗解散了,分管人事的同志已退休,现在深圳与儿子生活在一起。

费尽周折,我总算与那个管人事的人联系上了,他说:"余春林的档案在他本人调动过来时的确是移交过来了,当时正值改制,全站上下人心涣散,也无心整理档案,后来,企业破产后,主管局将那些不经整理的档案一股脑地拖走了。余春林反映他的档案在局里查不到，我也无言以对，不知是哪个环节出了问题。档案就这样丢失了，如果需要，我可以就此写一个情况说明。"

找档案的线索就这样断了，怎么办？

我不死心，于是特意找来本局负责管理全市职工档案的同志，询问他是否有办法。他告诉我，只要是国家职工，招工时，有两样东西应该可以在局里找到存根，一个是花名册，一个是招工派遣证的底联，只要在这两个原始材料里找到这个人的名单，再由其工作单位出具他一直在岗工作、没有受到开除工作籍的处分的证明，就能确认其国家职工身份了。

余春林告诉我，他是1962年参加工作的，在这漫长的时间里，劳动人事两个部门几分几合，多次搬家，很多年代久远的档案材料都流失了。通过进一步打听，我发现在局里办公室的顶层尚有一部分80年代以前的资料，杂乱无章地堆放在那里。这又燃起了我的一丝希望，我当即临时增派了三名工作人员对资料进行全方位的清理并归档。为了表示对此项工作的重视，我带分管的同志亲自上十楼对清理人员提出要求，清理归档工作就此展开。

经过两个星期的清理，这批已沉寂多年的原始资料全部按检索的要求归档到位。我在农机战线一栏里仔细查阅了1962年的招工花名册，余春林三个字赫然跳入我眼帘，我兴奋得几乎要跳起来，马上要办事人员复印下来，通知余春林赶快到农机局找相关单位人员取证，出具其在单位工作未受开除工职处分的证明。

几经周折，余春林的身份总算确认下来。不过，要取得退休后领取养老金的待遇，本人及单位必须缴纳社保费，而余春林的缴费记录是一片空白。我立即责成核算中心对其应缴费用进行了测算，按当年社会平均工资计算，余春林需补缴养老保险费11.2万元，其中，单位需缴费7.8万元，个人需缴纳3.4万元。

单位部分可以协调农机部门解决，个人部分怎么办？经办人员要通知余春林前来缴费，我想这笔款项对余春林来说无疑是天文数字，他根本无法承受。我对经办人说："不用去找他，个人账户部分由我垫付吧。你也千万不要告诉他。"经办人员用诧异的眼光看着我，不解地问："为什么，是您亲戚吗？"我笑着回答："你不必刨根问底，这事就这么定了。"

2005年3月，余春林拿到了第一个月的退休工资1652元，我长长地舒了一口气。

就在余春林领到工资不久后的一天，同样是我下班之后，我刚走出办公室，看到他在门口等候着我。我把他迎进办公室，他拿着一个蛇皮袋子，告诉我，里面装着两条草鱼，说是送给我的，我断然拒绝，但他死活不依，几乎要跪着求我收下。我把他扶起来坐在了沙发上，一字一顿地告诉他："余叔叔，您没有必要感谢我，我只是按政策落实了您应该享受的待遇。今天是个好日子，您把这鱼拿回去与阿姨好好庆祝一下，从今往后，再也不要想着用什么方式来感谢我，有机会我再去沙湖看您。"

同样请他在附近一个小餐馆吃了一餐饭，我将他送上了回家的班车。

这是一个再平凡不过的故事，在一般人看来，无足挂齿。没有经历过那个年代的人一定不懂得职工档案的分量有多么重，也没有多少人真正理解我为了余春林能安享晚年，让他得到理所应得的退休待遇而义无反顾的那份执着。

无论是做人还是做官，我总秉持与人为善助人为乐，在职业生涯中，我为许多人做过一些力所能及的事，在原则范围内解决过一些人生活中的难题。为余春林办理退休的事，我是十分上心与乐意的，涉及到具体办理的事项我每次都是亲力亲为，费尽周折，在千回百转中，迎来柳暗花明又一村。而且我还付出了一定的经济代价，但我是衷心地为他能够拿到应有的待遇而开心。

境界

大凡一个有进取心的人，总会追求所从事职业的最高境界。由于认知的差异，不同的人对这种境界的理解不尽相同。我人生的第一份职业是教师。尽管拿粉笔的时间不过短短八年，但我却似乎悟出了作为教师的一种至高的境界，我想用从教生涯中发生的几个故事来诠释一下这种境界。

一

1983 年夏秋之交，我所执教的那所中学由完中（初、高中兼具）改为初中，我担任初三重点班班主任老师，压力很大。

当我第一天走进教室时就遭遇到了一件十分尴尬的事。照理来说，新班主任到教室，一定会立马成为全体学生关注的焦点。但当我走进教室，却发现所有的学生都把目光聚焦在黑板上。我也好奇地看去，只见黑板上有一幅用粉笔勾勒的美少女图案，我仔细地看了那幅画，的确画得不错，这位学生应该有一定的作画功底。

　　我稳定了一下自己的情绪，面对着几十双高度关注着我的眼睛，心平气和地说道："这幅画是哪位同学画的，站起来。"沉默片刻后，只见一瘦高个的男学生从后排站了起来，脸上写满不自在，低着头，不敢拿正眼看我。我用平和的目光看着他，轻声说："上前来把黑板擦干净。"他走上讲台，将黑板擦干净了，转身看着我，我若无其事地对他说："你回到座位去。"接着我便开始了我的授课。

　　当天我便记住了这个学生的名字，叫赵宇清，是一个从乡下转学来的孩子，在我的心中，也深深地留下了他有作画天赋的印象。

　　那时，为了丰富学生课外活动，班上每个星期都会办一期黑板报，每期我都让赵宇清为黑板报画上一张主题图案，有人物，有山水。赵宇清画的每张图案都让人赏心悦目。他的这一特长在我用心的推介下，迅速地得到了学校的认可，那时学校出的校刊也特意请他作画。就在这短短的一年里，他的画作有了长足的进步。

　　一晃中考即将到来，是考高中还是就读中专成为摆在每位学生面前的选择。刚好当时荆州地区有一所美术学校招生，对赵宇清同学的各科成绩进行综合评估后，我鼓励他报考了这所学校，不出我所料，当年他果真以高分被这所学校录取。

　　儿子如愿以偿地考上了好学校，赵宇清一家人喜出望外，一定要请我吃一顿饭，盛情难却之下我去了，也算是为赵宇清送行。席间我语重心长地对赵宇清说："千万不要满足于现状，今后一定要追求更高目标，有更好的发展！"

　　赵宇清没有辜负我的希望，此后不断有关于他的好消息传来。三年后，他直接考入了湖北美术学院，并在该校修完研究生课程。后来他受邀到上海一所学校担任美术教师。赵宇清的每一次进步都让我十分庆幸当年我对那件事不同寻常的处置，试想如果当时我看到黑板上的那幅画,将他劈头盖脸地猛批一顿,然后置之不理,那岂不是将他崭露的才华给掐灭了吗?那赵宇清还会坚持对画画的热爱吗?

毕业后,他多次来看望我,每次都带上一幅自己创作并装裱好的画作。他是画油画的,我对美术创作是门外汉,但仍能感受到他送给我的每一件作品都十分精美。

我尤为欣赏的是五年前他送给我的那幅画,画面十分壮美,在一片波澜壮阔的海上,有一艘扬帆航行的小船,正驶向那燃烧着的血红色的朝霞。

我想,那艘小船不正是我的学生赵宇清吗?

二

1984年春夏之交,时值中考前夕,考生们又开始面临人生的一次重大选择,是决意继续读高中还是选择考中专?当年我带的班上有很多是农村孩子,家长一般希望自己的孩子报考中专,变成城里人。因此,当时报考中专的学生十分踊跃,而招生的名额又十分有限,为了平衡这一现状,教育局给每所中学下达了报考中专指标。学校通过考试后按分数高低来分配指标。当时能拿到这指标的学生往往是成绩很好的。

站在我的角度,我希望成绩优秀的学生不要急功近利,没想清楚就读中专,他们可以去读市重点高中,深造后选择更高的人生目标。而初中毕业的孩子,心智尚不成熟,也缺乏主见,更多是听家长的意见,服从家长的决定。要想他们放弃这个来之不易的指标,重要的是做通学生家长的工作。这项工作在当时是难度非常大的。

记得那时我班上有三个学生成绩十分突出,考市重点高中有十足的把握，按其发展趋势，只要不出意外，应该可以考上一所好大学。为了让他们放弃报考中专好好读高中，我分头走访了这三个家庭。其中有两家断然拒绝，有一位家长甚至怀疑我是要拿他儿子的指标送人情，让我感到十分憋屈与无奈。

在我做工作后，终于有一家出现动摇，同意考虑考虑。过了一天不见回应，我便第二次登门，这位学生名叫王海，他的父亲当时在市商业局下属的一家单位开货车，一家四口蜗居在一个不过20平方米的筒子间。这次我走访他家，他们一家人十分慎重，把儿子叫在一起，仔细听了我的想法。父亲问王海："你是否愿意读高中？"王海看了看父母，又看了看我，迟疑了一会儿，怯生生地说："我想读高中。"他父亲听罢，便顺着说："儿子，这可是你的选择，到时候可不要后悔！"王海说："我不会后悔的！"

没有悬念，当年王海考入县一中。三年后，王海的父亲欣喜若狂地告诉我，他的儿子被哈尔滨工业大学录取。我很高兴，为我当年的判断和坚定的劝说而感到欣慰。

此后，我离开学校从事行政工作去了，再也没有听说过王海的任何讯息。本以为这事已成过眼云烟，没想到时隔16年后，在2013年秋天的一个上午，我在仙下河边散步，突然听见有一个人似乎在叫我："刘老师……"我抬眼定神一看，这不是王海的父亲吗？没等我缓过神来，他便紧紧地握住了我的双手，激动地说："您好！总算把您找到了，王海一直念叨着您，希望我帮他找到您的联系方式，他想与您联系。"寒暄之后，我将手机号码发给了他。

就在当天下午，我就接到了王海打过来的电话，他告诉我，他现在在深圳，诚恳地邀请我去深圳做客，说来也巧，当年我女儿也在深圳工作，我和妻子正准备去深圳，我就将我们的行程告知他了。

我们一行人是乘飞机去的，我和妻子刚走到接机口，就听见王海在喊刘老师。他告诉我，他和妻子早早就在这里等候着我们。很快我们就坐在了他的私家车上，他把我们带到一家餐厅。一路上王海兴致很高，他告诉我，大学毕业后，他被分配到武汉一家军工科研单位，不甘寂寞的他一年多后离开了单位，开始单枪匹马到深圳闯荡。到目前，他已经创立两家公司，一家是生产电子元器件的工厂，一家是从事进出口业务的贸易公司。生意做得风生水起，发展势头强劲。

看着春风得意的王海，我十分欣慰。我十分庆幸当年我对他潜力的判断，帮他校准了一下人生发展的轨迹，说服他的家人支持他读高中，让他拥有了更大的收获和更好的发展，如果他选择读中专，这个世界上肯定会少了一名有能力有作为的创业者。

这次我在深圳待了四天，王海始终陪在我身边无微不至地照顾着我，直到最后把我送上返程的飞机。以后多年，只要我到深圳，王海一定是陪在我左右。

三

2008年春天的一个上午，一个陌生的电话号码显示在我的手机上，我犹豫了一下还是接通了，只听对方说："您是刘老师吗？"我回答："是啊，你是谁？"对方道："我是您的学生江浩明啊。"实话实说，当时我对这个学生半点印象都没有，我还在迟疑中，他马上补了一句："1984级初三（二）班的，我当时是插班生。"我总算有点印象了，他是从城关附小转学插班到我班上的，当时在班上成绩还不错，尤其是语文，作文写得很好。后来中考考入城关第一中学。我问道："你找我有什么事吗？"他告诉我，他今天回家了，一个偶然的机会，获知了我的电话号码，便迫不及待地联系我，想找个机会和我见面。

我如约来到一个茶室,江浩明在包间门口十分热情地迎候我。我们坐下来品着先前沏好的茶,他向我讲起他要见我的理由。他十分诚恳地说:"也许您不知道,是您为我埋下了一颗理想的种子,让我在人生的道路更加宽阔。"我用诧异的眼光看着他,不解地问:"过奖了吧,这话从何说起?"

他打开了话匣子,开始向我讲述起历历往事。

他说,我在课堂上讲叶圣陶的《多收了三五斗》,联系到张养浩的"兴,百姓苦;亡,百姓苦"的诗句,拓宽了学生们的视野;讲莫泊桑的《项链》时讲到一篇出色的作品要有栩栩如生的人物,还需要有一个令人拍案叫绝的故事,《项链》这种结尾就体现出了一个大作家出色的功力;他讲我带他们去看电影《青春万岁》,回学校的路上给他们讲王蒙的成名作《组织部来了个年轻人》,还讲到王蒙的朦胧文学代表作《风筝飘带》《夜的眼》等等,让他们产生了对作家的憧憬;他还讲到我第一次评讲他的作文时,对他文章丝丝入扣的点评让他激动了好几天……他边讲这些往事,边比划出我当时眉飞色舞的样子,深深地感染了我,让我仿佛回到了那青涩的年代。

那天我们边喝茶,边攀谈,两个多小时很快就过去了。他告诉我,高考后他被湖北中医学院录取,没有如愿以偿地读中文系,但他依然热爱文学。他还深情地向我讲起一段爱情故事:大学毕业后,他被分配到一家地级市中医院,在这里,他遇到了一个心仪的女孩,是医院的化验员。他说,这女孩是当时医院当之无愧的院花。他作为众多追求者之一,开启了爱情的跋涉之旅。他给这个女孩子写诗,模仿戴望舒的《雨巷》写这个像丁香一样充满愁思的姑娘。他写散文,写朦胧的细雨的遐思,写黄昏晚霞的瑰丽……靠文章他杀出重围,获取女神的芳心。

他的故事还在继续,结婚后,美丽的妻子与他提出对赌,她考本科，要江浩明考研究生。爱情的力量是无穷的，江浩明在妻子的鼓舞下读完硕士又读博士，他取得博士学位的同时，妻子也取得硕士学位，两人双双调入省城，现在江明浩已经成为省中医院的骨科专家了。他十分真诚地对我说："我所有的成就得益于与文学结缘，这就是我总希望见到您，迫不及待向您倾诉的理由！"

从那次分别到现在已经有十多年了，我们成为名副其实的忘年交，他回仙桃来看望我，我去武汉与他相聚已成为常态。他依然坚持业余文学创作，主要写散文，每写一篇他便发给我。我也时常把我的作品发给他，我们分享着这些文学作品，不断地进行着灵魂的碰撞，品味着一种至高至诚的师生情谊。

四

从恢复高考制度伊始，同类的学校与学校之间，同校的同类班级之间的竞争便成为一种常态。为了提高升学率，我当时所在的城关二中每年都对要求插班的学生进行一场考试，并将其中优秀的学生分配到各个重点班。1984 年 8 月，学校将插班生考试最高分的学生分到我的班上，他叫汪晓明。

这名学生是从外县考过来的，小伙子穿戴十分寒酸，瘦弱不堪，看上去就是一副营养不良的样子。但他学习认真刻苦，成绩优秀，进班后几次周考和第一次月考都名列前茅。

大约是他进班后一个半月的一个早上，他主动找到我，结结巴巴地对我说："刘老师，我不读书了，今天回汉川去的，特意来向您道个别。"

我十分诧异地问："为什么？"他低下头，沮丧地告诉我，他父亲早年去世，家里有四个姐弟，都靠体弱多病的母亲支撑着，现在实在没有钱供他把书读下去了。他一脸无奈，泪水在眼眶里打着转，我问他："你还想读书吗？"他不假思索地说道："想读！"我十分恳切地对他说："那你就不要回去了，安心在这里读书吧，以后你读书生活的费用全部由我来承担！"

有了我在经济上的支持，汪晓明学习更加刻苦，考虑到他家庭条件太窘迫，在充分尊重他本人意见的基础上，我为他做出了考中专的选择。没有悬念，他顺利考入荆州农校。中专三年，他的学习及生活费用依然由我接济，他以优异的成绩结业，分配回仙桃一个镇上的农技站工作。

如果初中三年级他辍学了，他的人生境遇或许会和现在不一样。所幸的是知识改变了他的命运。参加工作几年后，他与一名教师组成了一个幸福的家庭，不久拥有了一个男孩。他始终没有忘记我这位老师，30多年了，每逢春节都会来看望我。2021年10月，汪晓明在深圳工作的儿子回仙桃举办婚礼，他热情地邀请我参加，并且要我作为主婚人在婚礼上致辞。我没有推辞。

那天，我刻意着了正装，走上主席台的时候我很激动，我拿起话筒，对两位新人说道："大千世界，芸芸众生，每天都有无数个精彩的故事在上演，你们喜结良缘就是今天发生在人间的一个精彩的故事，我对你们的结合表示深深的祝福。借此机会，我还要告诉你们，有些故事看似偶然，实际上蕴含着必然。你们一定听说过你父亲人生命运逆转的传奇，进而对当年慷慨解囊的我无比感激，其实如果当年你们的父亲不是成绩出类拔萃，即使我向他伸出了援手，他的命运也不会得到改变，这就是偶然中的必然。今天你们步入婚姻的殿堂，幸福的生活在向你们招手。你们的人生刚刚起步，我希望你们在经营好小家庭的同时，还要努力学习和工作，只要拥有了真本事，我相信这个世界同样会向你们伸出橄榄枝，让你们的人生更加美好！"

我的一番简短的祝辞赢得了台下的一片喝彩。

教师生涯对于我来说，是一段短暂的人生经历，那时我正青春年少，风华正茂。时光的流逝没有冲淡我对那段人生经历的记忆，不时会有学生来看望我，每年春节期间我和近十位学生都会有例行聚会。他们说："我们总忘不了您，即便是后来我们的高中老师也享受不到您这样的待遇。"他们的到来往往使我成就感爆棚，也勾起我对那些往事的回忆。

我不由自主地思考教师这种职业的境界。我以为，作为一名教师，从低到高，应该有三种境界：最基本的境界为教书，即古人所云：传道、授业、解惑。按照教学大纲的要求，将知识传授给学生。第二种境界是育人，教师的责任不仅仅要教学生知识，还需要为学生立德，让学生弃恶从善，明辨是非，成为一个诚实、守信、善良、孝廉，具备良好品德之人。第三种境界应该是最高的境界，即引路。它是指，在教学之外，一名拥有大智慧的教师完全有责任为正处于混沌时期的学生指点迷津，明辨方向，引导学生走向人生良性发展的康庄大道。

我想，时下如果每名教师都能兼具这三重境界，这个世界一定更加美好！

故乡有棵木子树

城关中学那些奇人囧事

20世纪80年代的汉州县城关中学坐落在城区中央，占地面积约五十亩，是一所拥有初中和高中的完中，也是当年城区适龄少年能就读的唯一一所中学。所以，在汉州县，这所学校规模是十分庞大的，全校初中班十八个，高中班十二个，在校学生约两千人，教职工两百多人。

1981年初，我师专毕业后被分配到该校当老师，曾在那里工作了五年多。时光一晃过去四十多年了，这所学校几经改造和搬迁，现在已难以找到当年的影子，我也在调离该校后经历了多个岗位的跋涉与摔打，断绝了与它的联系。然而眼下已退休数年的我偶尔回想起那段人生的经历，在那记忆的深井里居然有好多人和事历历在目，今天我想与大家分享发生在那里的几个"奇葩"的故事。

别字"王"

20世纪60年代中期，王斌汉州师范学校毕业后，很幸运地被分配到了城关中学,那年头师资相对紧张,中专生教中学的现象十分普遍,他教的是语文,时间长了,累积了一些经验,也就成为学校的"万金油",初中、高中通吃。

王斌在学校长期担任着班主任。严格意义上讲,他就是一个中规中矩的教书匠,你说他书教得很好谈不上,说他教得差也不尽然,但管理学生还是有一套,特别是收拾调皮学生,他的方式很独到,善于用些俏皮的揶揄和刁钻的讽刺来刺激那些学生的自尊,让他们在无地自容中对他产生敬畏之心。

本来王斌没有什么崇高的理想和追求,就想安安稳稳地教一生的书足矣,万万没想到有一篇文章竟然让他成为名人,作者是当时知名度极高的一位作家,正是王斌曾经教过的学生。文章发表在省内一家十分畅销的情感类杂志上,标题就赫然将王斌与狗进行了类比。

这名学生离开中学已经有十年了,而且已经是功成名就,何以还怀着如此深仇大恨,写文章来谩骂曾经教过自己的老师呢?原来读高中时,班上有一位男生写了一封情书上课时传递给她,结果被王斌老师截获了,王老师拿到这封情书后当着全班同学的面,宣读了这封情书,并像教课一样对情书的内容进行了淋漓尽致的点评,对两位当事人也给予了让人难以接受的冷嘲热讽。

我和王斌老师在一个教学组,看到那篇文章后,我们教学组的同事们都义愤填膺,鼓励王斌告这位学生侵害他人名誉,大家认为尽管当年王斌处理那封情书的方式有些问题,但不至于遭到如此辱骂,而且这份杂志的发行量超级大,影响十分恶劣。那些天,面对我们的七嘴八舌,王斌始终保持沉默,脸色也十分阴沉,人看上去无精打采。

好在时间可以冲淡一切烦恼,过了一段时间,大家似乎已经渐渐将此事淡忘了,把议论的焦点转移到其他的事情上,在大家的心目中，王斌这道坎也就过去了。但我却认为尽管他一直保持着沉默，那段时间他内心深处的痛苦是常人难以承受的，能这样忍气吞声地挺过来的确不容易。

1983年夏秋之交，汉州县城关中学面临一次大洗牌，由于生源不断扩大，县教育局在城关东郊又建成了一所学校，计划将这里的高中部整体搬迁到那边，这边只设置初中部。这意味着一部分老师将随迁到新的学校去。

当时交通不发达，当老师的普遍清贫，拥有自行车都是极少数，新校区离城区中心有好几公里，所以这里的老师都不愿意去新校区。王斌更不想去，因为他老婆没有正式职业，靠出个水果摊弥补家用。水果摊离现在的学校不远，每天上午王斌都要抽点时间帮老婆出摊，如果调剂到新校区这个活就无法干了。

城关镇教育组长在动员会上讲得很清楚，这次只要是教高中的老师都一板子刮到新校区，而王斌刚好是带高一的语文课还兼任班主任。按政策肯定是在劫难逃了，但他还是不死心，有一天他用一个小塑料袋装了几个苹果，低声下气地找到校长，反映了自己的家庭困难，校长十分耐心地听完他的诉求，无可奈何地说："我本人是去是留都是个未知数，你的事我怎么能插得上手？"

此招不灵，王斌还是不甘心，他总在搜肠刮肚地想怎样才能逃过这一劫，那天吃过晚饭他正在洗脚，突然一怔，叫正在洗碗的老婆道："快给我拿纸笔过来。"老婆一边从书桌上为他拿来纸笔，一边嘟囔道："洗脚就洗脚，怎么还写东西，心无二用啊。"王斌回答道："你不管，我自有主张。"说罢，他便将练习簿搁在双腿上，用钢笔唰唰地在本子上写起来。不大一会，他便写满了练习簿的一面纸，然后小心翼翼地将那一面撕下来折好放在上衣口袋里，擦干脚，穿好衣服，只身一人来到了城关镇教育组（这个机构当时就在城关中学校园内），他知道由于要组织搬迁，这几天教育组上上下下都在加班，他不问青红皂白就进去将那张刚写完字的纸交给了教育组长。

不久，镇教育组的调剂方案就宣布了，果真没有王斌，教育组长在宣布完方案后把选调到高中的老师留下来继续开会，会上特意强调："在这次调剂方案中，凡是调入高中的老师都是经过严格遴选的优秀人才，比如有位高一的语文老师这次就被淘汰了，你们知道是为什么吗？他给我提交了一份反映家庭情况困难的文字报告，不到五百字的篇幅错别字却达五六十个之多，这样的人居然还在教高中，那岂不是误人子弟！"

教育组长在上面讲，一群心灰意冷的老师在下面听，其中有人窃窃私语地说："唉，我们怎么没有想到用这一妙招呢？还是王斌这个家伙厉害，真是个大精角！"

从此，只要是城关中学的老师碰到王斌，就笑着叫他"别字王"，这个绰号就这样不胫而走地传开了。

黄金搭档

在城关中学，金海乔可是一个响当当的名字，他是城关中学的王牌数学老师。每年高考结束，他带的班级数学均分总会毫无疑问地排在全县最前列。

那年金海乔已是二十八的人了，自身条件还算是不错的，身高有一米七五，长着一张饱满的包子脸，一双慈眉善目的眼睛，给人一种亲和力极强的感觉。就这么一个才貌都还算是不错的男士，却依然是光棍一个。其实，他的择偶标准并不高，只是想找个吃商品粮的即可，如果有份工作那就更好了。

男大当婚，当年也不乏好事者为金海乔牵红线，按照他提出的条件，红娘们找到多名吃商品粮的女士，人家只要一听说金海乔来自乡下，而且是个教书匠，往往扭头就走。通过好心的同事们锲而不舍的努力，终于有一名女士同意见面了，这位女士名叫黄珺，不仅是商品粮，而且在县丝织厂当工人，长相一般，年纪二十六，也属大龄青年。

　　同意见面意味着男女双方对基本条件是接受的，关键是见面后的眼缘了。为他们牵线的是城关中学的一位女同事，她对金海乔的长相、谈吐、气场都把握十足，最不放心的是他的穿着打扮，因为金海乔不修边幅在城关中学可算是大名鼎鼎，人尽皆知。他一头黑发总是凌乱不堪，说像个鸡窝一点都不夸张。见面的日子正是春夏之交，这个季节男士穿戴的标配是上身一件浅色的衬衣，下面一条深色长西裤，衬衣掖在裤腰内。且不说平日里金海乔上身衬衣的领口袖口早就是黑不溜秋十分醒目的一层油渍，他的衬衣下摆总是有一半别在裤腰里，还有一半不规则地伸展在裤腰外面。两只裤管也肯定是有一只伸到脚面，另一只卷齐膝盖。以这种姿态去相亲那岂不是见面就没戏了。

　　担纲红娘的女教师可不敢马虎，她先是要金海乔去理了个发，然后叫他花钱买了一套新衣裤穿上，赴约前还认认真真地为他整理了一番，这才放心地促成一对大龄青年的第一次约会。

　　两个人约会的地点是在汉江大堤上，吃过晚饭，金海乔提前来到汉江边，不一会黄珺也如约而至。金海乔看到黄珺，觉得模样虽然不是楚楚动人，却也过得去，加上别人不仅是商品粮，还是国有企业的工人，所以十分期待自己能入对方的法眼。他越是这样想，就越显得拘谨，平日里在课堂上从不怯场的他今天居然语塞了。倒是人家黄珺十分主动，又是问他家父母是否需要他赡养，家里还有几个兄弟姐妹，又是问他工作负担是轻是重，待遇如何等等，问得他有点应接不暇。但从一问一答的交谈中，金海乔觉得对方对他的回答还是满意的。

两人就这样边走边谈，天色不知不觉暗了下来。这时黄珺问道："你在单位是住单间还是集体宿舍？"金海乔有点自负地回答道："我是学校的骨干教师，享受着住单间的特殊待遇。"黄珺自是高兴，说道："多大的单间？"金海乔回答："大约有二十个平方，是个筒子间。"当时的单身职工有这种待遇十分了得。还没有等金海乔的得意弥漫开来，黄珺突然说道："我好想去参观你的住处，欢迎吗？"这一诉求可把金海乔难住了，他心里明白，他的宿舍实在对不起观众，在他人眼里那就是个地地道道的狗窝。于是他急中生智地搪塞起来，说道："今天可能不方便，我还有一节晚自习课，改天吧。"黄珺脸色骤变，回答道："刘老师（介绍人）跟我说了，你今天晚上没有课，不欢迎就算了，我还是先回去吧。"黄珺这样一说，可把金海乔急坏了，他转念一想今天不去看宿舍，这好不容易得来的缘分肯定就黄了，看了宿舍说不定还有一线希望。于是，他把牙一咬应道："对不起，搞颠倒了，是明天有课，欢迎欢迎！走，热烈欢迎黄女士光临寒舍。"

　　怀着忐忑不安的心情，金海乔和黄珺来到宿舍门前，金海乔用微微颤抖的手打开了家门。门还没有全开，一阵浓烈的霉臭味便扑鼻而来，天已黑，他无可奈何地开灯，整间房一览无余地展示在黄珺的眼前：那是一幅凌乱不堪的景象，被子、枕头凌乱地堆积在床上，脏衣服、裤子、袜子扔得满屋子都是，一张办公桌上杂乱地堆满了书籍和练习簿，一个菜碟被用作烟灰缸挤在书本内，烟蒂高高地堆积。靠进门一角有一个小方桌，一摞没有清洗的瓢盆碗筷摆放在上面……

　　金海乔傻傻地看着黄珺，大脑一片空白。这时，让金海乔瞠目结舌的一幕出现了，只见黄珺和颜悦色地看着金海乔，轻轻地拍着手，一往情深地说："我总算是找到知音了！和你一样，我也是不讲究的人，将来我们一定会过得和和美美，恩恩爱爱！"

就此他们一见定终生，不到两个月就走进了结婚的殿堂，婚后两人果真感情甚笃。于是城关中学的同事们取了他们二人的姓，笑称他们为"黄金搭档"。

"文盲"校长

记得当年我刚到城关中学时，在这所县里地位十分显赫的学校担任校长的竟然是一名年过半百、只拥有小学文化程度的老头，大名胡家汉。他身高才一米六出头，背有点驼，面目黧黑，因为秃顶，一年中大部分时间都戴着帽子，烟不离手，如果不是一双眼睛格外有神，看上去就是个地地道道的农村老头。

起初，按照定向思维，我和很多刚入职的大中专生都以为这种人肯定是苦大仇深的贫下中农，在那特殊的年代时机使然才到校长这个岗位上来的。这类人拥有朴素的无产阶级感情，但肯定是一名"大老粗"。但为时不长，这位"大老粗"校长的所作所为颠覆了我们的看法。

一般来说，像他这样底气不足的校长可能会以领导自居，高高在上，让这些傲气十足的知识分子敬而远之。然而刚好相反，他非常喜欢和学校的老师们打成一片，尤其是我们这些年轻老师。或在办公室或在茶余饭后，有事没事都喜欢凑过来与我们聊上几句。从闲聊中我们得知他的确是泥腿子出身，当过大队（现在叫村）党支部书记，镇属办事处主任，因为年纪偏大加上文化程度偏低提拔无望，就被安排到部门了，先是在汉州县下面一个镇中学当校长，由于工作十分出色，被城关镇挖人才调到城关中学。一个只读过小学的人如何领导得好知识分子扎堆的学校？时间让我们找到了答案。

"你们都是我从教委（当时的教育局）好说歹说要到这里来

的。"有一天他看见我们几个1977级师专毕业分配生在一起，对我们说，"你们不知道，我们学校教师编制超得一塌糊涂，我还找他们要人，他们死活不给，我说总是超了，我要的是有用的人，嘴皮子都磨破了，总算把你们这些正牌大学生请进学校里来了。"听他这样说，我们肃然起敬，因为我们知道当时毕业分配进城区还是很有难度的。没想到眼下这名与我们非亲非故的老校长居然对我们如此厚爱，让我们发自内心地对他产生了一种感激之情。

虽然胡校长没有官架子，但从事学校管理却是有点子，有章法。除了常规的管理办法，他还在学校内部办了一张油印的简报，一周出一期，雷打不动。主要内容是通报一周来学校值得表彰与弘扬的人和事，通报批评校园内出现的不良行为，对下周及后段的工作进行部署。由于诉诸文字，这张简报作用很大，他像一根悬在老师们头顶上的鞭子，督促着大家争先创优，希冀在周报上留下闪光的一笔。

他还制定了月例会制度，每月一号利用晚上时间召开全体教职工大会，主要内容是督办落实上月工作，布置下月工作，会议基本上由他主讲，由于平时他总扎堆在老师中间，掌握了一手资料，讲问题能入情入理，切中要害，又极具鼓动性，操作性，令人折服。

当时学校的老师们都私下议论说胡校长把行政管理的一套移植到学校了，但我认为他的许多管理手段很接地气，而且行之有效。

那时大凡是中学，都已经开始把初中升重点高中、高中考大学作为学校的风向标，胡校长是从政治运动中脱颖而出的工农干部，但他思想一点都不僵化，懂得顺势而为。他深知学校要提高重点高中升学率，多考几个大学生，一靠有好的生源，二靠有能力的老师。于是他一方面利用城区的地理优势，千方百计去乡下各地挖优秀学生，一方面厚待本校的优秀教师。当时学校老师的住房条件很差，住房分配都是论资排辈，为了调动优秀骨干教师的积极性，胡校长不知从哪里化缘弄了一笔钱，建了一栋面积大一点的教工宿舍，完工后，他力排众议地打破了论资排辈的传统分房模式，全部分配给了初三和高中重点班的教师，这一举措在校内外产生了强烈的反响。记得我当时只在学校工作了三年，因为带初三重点班，就十分荣幸地住进了这个校园内条件最好的新居。

别看胡校长年纪大，他还是个勤于学习，与时俱进的人。本来学校这么大的一个摊子，作为一家之主，事无巨细都会落到他头上，他却主动请缨，自加压力要到一线代课。他说："我文化程度低、底子薄，别的课带不了，带初中政治恐怕勉强还是可以的，我也好借此机会提高自己。"还别说，走上讲台后学生们反映胡校长的政治课讲得有理有据，很生动，大家都乐意听。

更令人称奇的是他不仅课讲得好，每次中考前他都替学生猜考题，从第一年猜中最后一道议论题后，他就一发不可收，以后每年都猜，而且年年都猜中几道原题。那些年，胡校长猜题的故事在坊间越传越玄，成为县里很多中学一段津津乐道的神话。

我在城关中学工作了五年，调离时胡校长刚好退休，临行的那天，他特意找到我，紧紧地握住我的手说："小刘，出去好好干，这世界是你们的！"看着这位头发花白的老领导，我发自内心地回应道："谢谢您的鼓励，同时请听我一句肺腑之言：尽管您已经退休了，但不管将来城关中学的校史怎么写，都会有您光彩的一页，您不愧是这所学校一座不朽的丰碑！"

无师自通的"曹博士"

20世纪80年代初，由于合格教师极度匮乏，大部分中学里很多教师学历不高。中专生教初高中现象十分普遍，甚至存在着只有高中学历的教师教高中的现象。在我所执教的城关中学也不例外。

当时的城关中学外语教师是最缺乏的，教学组里中专生倒是有几个，没有一个大学生。教高中英语的把关教师叫曹平，他居然只有高中学历。当时他年龄不过二十八岁，精瘦的身材，身高一米七五，一张长脸，高鼻梁，浓眉下一双大眼睛炯炯有神。

此人话不多，也不善交际。但他对自己所从事的专业十分投入，二十岁那年他接班入职，从干后勤起步到通过考试取得教师资格登上讲台不到十年的工夫，他便从英语教学中脱颖而出，所教学生连续两年高考平均分在全市名列前茅，成为城关中学毫无争议的金牌外语教师。问起他成功的经验，他总是一笑说："没有什么，就是跟着收音机学，从初级一直往后学，学完高级再海量阅读英文原著，如果能做到一本原著读下来不吃力那功夫就到家了。"

那些年，国门已经打开，不时有国外的友人造访汉州县，那时县里没有专业翻译，每次来了外国人，县外办就临时从中学抽调外语老师来当差。曹平就曾多次被拉去当差。随着改革开放步伐的加快，外国友人到访的增加，县外办决定正式调入一名专业翻译进机关，当年学历高、业务能力强的外语专业大学生教师都年龄偏大，而没有学历的曹平不仅年轻，也是外办抽调的老师中最能胜任，并得到外国友人一致好评的翻译，几名考察他的专家评价说，曹平的英语已经达到并超过了专业八级的水平，所以他顺理成章地从城关中学调入县外办，成为一名县机关工作人员。

曹平的故事还远远没有结束，他在外办工作到 20 世纪 80 年代末 90 年代初，电脑开始进入人们的视野，毕竟外办翻译的工作量有限，对曹平来说有大把的空闲时间，他开始盯上电脑了，那时汉州还没有电脑销售，他特意赴武汉花一万多元买回一台电脑，又买了许多刚上市的电脑书籍在家里捣鼓起来。他一边读书学习，一边将购回的电脑原件拆了重装，装了又拆，循环往复多次，在人们对电脑还一无所知的时候，他竟然先行一步，成为电脑修理和运用的行家里手。

随着电脑的逐步普及，曹平成为汉州县炙手可热的人物。买电脑的请他当参谋，电脑坏了请他修理，电脑初装、重装请他帮忙……

他绝不仅仅是一名简单的电脑修理员，很多高难度的电脑难题他都可以轻易化解。那还是2004年，我有个朋友因为操作不当将一重要资料数据丢失，当时他买的是联想品牌手提电脑，找售货单位，无法恢复数据，售货单位将电脑交到联想武汉售后，结果依然是无法恢复，接着又将电脑送到联想北京总部，得到的结论还是无法找回数据。来来去去折腾了一个月都没有结果，无奈之下求我去找曹平，说是死马当活马医，最后试试，还好曹平给足了我这位老同事的面子，当天就将数据找回，将电脑交到我的手上。我那朋友情不自禁地感叹道："曹平简直就是个神仙！"

2006年，汉州县委县政府想用动漫的方式制作一部宣传片，宣传部将任务交给县电视台，电视台的才子们一筹莫展，如果请省里的专业人士来做那将远远突破预算。无奈之下，有人推荐了曹平，当时曹平已经调入县政府办公室任政务信息中心主任，既然是县里的事，曹平二话没说就接下来这个活，不仅轻松拿下，而且提前完成了动漫片制作任务。

这些年来，曹平的名气越来越热，就连省里的有些重要部门做弱电项目都慕名而来，请他去坐镇指挥，更为让人不可思议的是省内还有几所一本大学的计算机学院居然特聘他为客座教授。

就这样，在汉州县只要是认识曹平的人都不叫他的大名，也不喊他的职位，都尊称他为"曹博士"。

"钉锤"

城关中学有个老师姓丁，名叫丁文，瘦高挑个，总梳个大背头。尖脸，一双近视眼上架着一副玳瑁边的眼镜。说话慢条斯理，举手投足也还斯文，全然是一介书生的做派。

他属于工农兵大学生，教的是高中数学，当时的城关中学数学教学组人才济济，除了前面介绍的金海乔外，还有几位在教学上很冒尖的教师，丁文在教学组里基本上被排在靠后的位置，因此，学校评优他榜上无名，年终奖金他拿到的总比别人少，入党提干他更沾不上边。所以他常常是郁郁寡欢，总有一种压抑的感觉。人有了挥之不去的压抑感总要找地方释放，丁文的释放方式很特别，那就是打老婆。

丁文的爱人名叫张梅。虽然身材瘦小，但模样很周正，一张圆脸，一双大杏仁眼，鼻梁挺拔，薄唇小嘴，看上去很年轻。她也是当年推荐上的中专，只因为文化底子太薄实在上不了讲台，在学校做些诸如打铃之类的后勤工作。

丁文打老婆方式非常简单，下班回家后先随便找一个理由，然后上去就是一脚或者一拳，张梅也不是可以随意被宰的羔羊，立即还手，两个人就此迅速地扭打在一起。每次两口子打架动静都很大，会引来隔壁邻居拉架劝架，劝和的往往是几个人把丁文死死抱住，这时，张梅就会一边号啕大哭，一边随手拿上一个家什不停地乱砸一通，劝架的喊："柜子的镜子！"只听"砰"的一声，柜子的玻璃镜碎了；又有人喊："快把水缸护住！"又是"砰"的一声，水缸瞬间破裂，水哗哗地流满一地……

别看他两口子打架已经成为家常便饭，但打完后又和好如初，像什么事都没有发生过一样，而且他们俩都很好客，经常请交好的同事到他家喝点小酒。只要你到他家，可谓特色彰显无遗：房门肯定被踢破后用新的木料修补过，无论是窗户还是书柜衣柜，没有一块完整的玻璃，吃饭的碗多半是有豁口的……在那不足二十平方米的筒子间里随处可见他们打闹的痕迹。

有一次两口子又打了一架，这次丁文手下得很重，将张梅打得鼻青脸肿，刚好被张梅的母亲给碰上了，看到自己的女儿被打成这样，气不打一处来，气冲冲地找到胡校长，一边哭，一边说："胡校长，你可要给我女儿做主啊！我女儿长期被他打，总有一天会死到他手上！"胡校长无可奈何地说："那您看这事怎么处理好？"老太太斩钉截铁地说："离婚！这回坚决离婚！"两人在这里论理，没有想到张梅冷不丁地加入进来，看着她脸上青一块紫一块的狼狈相，老太太更是来劲了，提高嗓门道："您看，把人打成这样了，就是离婚还不能放过他，我们还强烈要求组织处理他！"老太太做梦都想不到女儿张梅冷冷地对着母亲说："您胡说八道些什么呀，谁要离婚了？您有什么权力当我的家？"说罢拉过她母亲往外走，边走边说，"我们这是家务事就不麻烦胡校长您了。"

或许是当一个家庭建起一种秩序以后，一切都会变得顺理成章。丁文和张梅两口子就这样一路跌跌撞撞地走过来，直到今天依然生活在一起，没有分离，只是因为丁文时常动手殴打张梅总在被人诟病，并得了个别名叫"钉锤"。

历史上的城关中学可谓藏龙卧虎之地，随着改革开放的深入，国家不断提高知识分子的地位之后，这所学校就有几名老师被直接调入省属大学成为讲师、教授；还有一位调入一所省重点中学，从教师干到校长、区教育局局长，最后成为全国知名数学奥赛名师。后来汉州县以这所学校的师资为基础组建的汉州一中，一直以来略逊于汉州中学，稳坐汉州第二把交椅。

大凡是人，不管从事多么高尚的职业，大抵都会是光鲜与丑陋并存。本文用哈哈镜的笔法，写下了几个小人物的人生际遇，他们的人生故事深深地打上了时代的烙印。所以，作者本意不是想诋毁老师这个崇高的职业形象，而是期待通过再现他们别样的人生，让读者在他们身上看到那个时代的影子，进而引发一些思考。

故乡有棵木子树

驭洪魔　显担当

——回眸 1998 年之夏

　　那是一幅波澜壮阔的画卷，那是一场生死攸关的搏击，那是一曲同舟共济的和弦，那是一段弥足珍贵的历史。

一

　　1998 年不同于往年，春天刚至，天上好像被孙悟空用金箍棒戳了一个窟窿，绵绵细雨无休止地下，连续数月都很难见到阳光。太阳偶尔露一下脸，也不通透，仿佛在厚重的云层中挣扎，有人开玩笑地指着隐在云彩中的太阳说："你们看，太阳都长霉了！"

　　往年四五月份汛期来临之前，市里都会要求各镇把垸内大沟小渠的水向外排，防止内涝。而那年到了五月，垸内到处盆满钵满，东荆河、汉江水位均超历史高度，垸内的渍水无法排出。

　　不用任何专家评估和预测，只要头脑稍微清醒一点的人都不会怀疑，这年必定是大汛之年！

　　果真，到了 6 月 4 日，东荆河便逾越了海拔 28 米的设防线，早早地达到 29 米的警戒水位。记得那天大雨滂沱,我正在主持召开机关干部大会,布置排涝工作。一散会,办公室主任就将三防指挥部的传真交到我手上,我一看,市防汛指挥部红头文件上写着:"当前东荆河水位已达 29.3 米,全线进入警戒水位,请各乡镇由党委书记带队,按每公里 50 人的要求,组织本镇劳力于本日上堤开展防汛工作。"

防汛大于天。接到传真,作为沙湖镇党委书记的我立马将镇里的工作做了一些简单的交代,便带着镇水工队为我临时指定的通讯员李国文,轻装上阵,赶赴沙湖镇防汛段面。

雨还在不停地下着,我乘坐的车从沙湖泵站电排河石三港闸口驶上东荆河大堤,我透过车窗向东荆河望去,只见那河水已离堤面只有两米多一点。往日湿地那一望无际的芦苇已经不见踪影,眼前全然是白茫茫的一片。看着这貌似平静却暗潮涌动的河水,我心里十分忐忑,按照洪水这咄咄逼人的来势,我预感将无可避免地面临一场严峻的挑战!

车在东荆河大堤上行进,我拿起电话通知指挥部在下午三点,召开有镇村领导参加的镇防汛工作领导小组会议。车到指挥部时已经是下午一点,没来得及安放行李,我便穿上雨衣,带着几名熟悉情况的干部,准备先将全镇防守的段面巡视一遍,再召开会议。

沙湖的段面起于保丰渔场,止于汉南三支沟泵站,共六公里。尽管穿着套鞋和雨衣,我仍然一身泥水。我边走边看,也顺便向水利镇长和水工队长了解一些情况。拖泥带水走了近两个小时才将防守段面巡了一个来回,正好三点,与会人员已在指挥部并不宽敞的大厅里席地而坐地等着。

见与会的人员已经到齐,我便开始进行对这场天灾的布防:

"大家和我一样都是今天才上堤,那就应该明白,把各位支部书记请上堤，那我自己也必然会和大家一起奋斗在一线。看看这洪水的来势，意味着形势严峻，请大家做好打大仗、打硬仗、打艰苦仗的思想准备。"

接着，我提醒所有人，在整个沙湖镇防守的六公里段面上，可谓险段密布，险象环生。首先，在我们指挥部对面的堤段就是一个传统的脱坡堤段，历史上已有两次脱坡的记录。这一险段增加了洪水退去时的防汛难度，尤其是洪水退得很快时，脱坡险情发生的概率就会很高。

其次，在大垸子闸两侧，有两个大散浸群，一旦水位高于29米，散浸就会大面积出现。同时，随着水位的上涨，新的散浸会不断冒出，必须认真巡堤，及时发现并处理。

第三，在大堤的垸内一侧堤脚下，有多达八九十个鱼池，由于大堤内外水压差巨大，且鱼池长期浸泡会导致大堤基础软化，堤脚极有可能出现管涌的风险。

第四，段面内有大垸子闸和汉南三支沟闸两处穿堤设施，巨大的水压差会使穿堤设施压力增大，风险增加。

第五，大垸子闸的设计以排涝防洪的混凝土钢筋结构闸为主，坐向偏东西方，而挡水的大堤从大垸子闸由北向南延伸了800米，这800米在西南风掀起的波涛下，堤身始终经受着严峻的考验，存在随时出现浪坎而溃堤的风险。

我又强调，每个人要将上述险段化险为夷，全镇各村必须兢兢业业，恪尽职守，万无一失，切实做到人在堤在！

二

那一年气候反常，不仅雨水不断，酷暑也来得特别早。进入六月上旬，日最高气温就超过了35℃，这种恶劣的天气，给我们的工作也带来了很多不便。

　　每天早、中、晚，必须定时徒步巡一次堤，这 36 公里的步行是无法回避的。走在堤上，必须查看垸内一侧的堤身杂草是否已经清除，只有清除了背水面堤身的杂草，才能及时用肉眼发现散浸、浸漏及管涌等险情。再要看巡堤人员是否按要求配备齐全，要求是在大堤内侧堤身上，安排三条线，堤坡上、中、下端各一条，一个人管 50 米，这个人必须不停地来回巡视，观察堤坡是否有水冒出，是否有险情出现。

　　每到已出现的险段，就必须驻足观察。在出现散浸的段面，要察看用来疏导渗透洪水的菱形沟挖得是否合格，导出来的水是否为清水，如果水的颜色有变化就要查找原因，请专家来集体会诊。

　　每到一个鱼池，首先看鱼池看守人员是否在岗，再查看鱼池的水位标志是否已做好，指导留守观察鱼池的人及时向领导汇报鱼池的水位涨落情况，同时观察水面有没有起泡的异常现象。如果鱼池水位上涨或鱼池水面不断翻出水泡便要及时报告，让专家前来判断是否出现了管涌隐患，需不需要采取反压措施。

　　有一天，我到一个鱼池上，值守的农民反映这口鱼池有个地方不停地冒着泡，我一看，果然有个地方不断冒出气泡。我心里一下紧张起来，马上脱了外套便下水去探，结果捞出了一袋磷肥，原来是虚惊一场。找到原因后，我绷紧的神经总算松弛下来。

　　当时两大穿堤设施是我最担心的，因为据专家讲，无论是大垸子闸还是汉南泵站，其抗反压的能力只设计到抗保证水位，一旦洪水水位压差超过 4.5 米，这两大穿堤设施就可能出现整体或局部坍塌。我及时向指挥部反映，并建议利用垸内沙湖泵站，将改道河（大垸子闸连接东荆河的内河）的水位提高到 28.5 米，降低两边的水压差，实施反压。同时，又去协调汉南农场的领导，要他们也千方百计抬高垸内电排河的水位，同样实施反压，保证压差在安全范围。这两项工作都做到位以后，我才暂时对这两处险段放下心来。

每天巡查的过程都非常艰难，因为你随时都可能碰到人员不到位，到位的人员不尽职尽责，对险段防汛的技术规范不到位等问题，需要不停地强调、批评、解决。

记得有一天，在汉南泵站附近的堤脚上，一位值守的农民发现一处拇指头粗细的孔在冒水，显然这是一处小型管漏。我一看，冒出的水是清水，水头向上喷的力度也不是很大，于是便指导几位农民围绕这个小孔，挖一个半米见方的小坑，然后用黄沙往坑里盖了一层，既压住了水头，又让水经过黄沙过滤，避免了冒出的水把周边的土冲刷后形成更大的管漏，最后，在此插上一面红色的三角旗，要求该村指定专人在此定点观察。将这一切措施都做到位后，我才放心地离开了。

由于每天睡眠很少，我不仅坐下来开会会感到困意，有时就是站着也打瞌睡，那眼皮总不争气地要打架。每天吃饭像打仗似的，上午一成不变的稀饭馒头加咸菜，中午下午一碗饭，一个青菜，一盘煎鱼（防汛期间鱼多且便宜），没有洗澡的地方，每天到了夜深人静的时候，在指挥部门前的一口井里打上一大盆水，赤条条地泡在那里洗个澡。不几天下来，脸晒得跟非洲人似的黢黑。

很少能躺在只铺着一床竹席的简易行军床上，只要一躺下，那肆虐的蚊子便嗡嗡地袭来，把蚊帐罩上，电扇的风又吹不到床上，睡着燥热难耐，因为过度疲劳还是沉沉睡去，醒来时往往是浑身大汗淋漓。

眼睛闭上前，脑海里思考的是防汛工作，把眼睛睁开，首先关心的是水位，最大的期望值是水能退一点，即使不退也不要再往上涨。但那洪水注定要与人作对，每天都是在涨，我到责任段面不到半个月，水位便冲到了 30 米，与之相对应，全镇的防汛人数也增加到 2000 人。

三

随着水位的不断上涨，全线防汛形势变得越来越严峻，当水位越过保证水位时，挡水大堤最低的段面离水面仅 1.5 米了。大堤截面是梯形，堤脚宽大牢固，到了顶部，大堤的截面便格外窄小，看上去十分单薄，堤面最窄处不足十米，挡水的力度自然减弱。

那时整个东荆河的水一望无际，有人笑着说，这哪里是东荆河，明明是东荆海！由于水面太大，只要刮三四级风，水面便会掀起数米高的大浪，那浪头仿佛攒足了力气，一次次地向堤岸拍打冲击。可怜那泥做成的堤身，很快就会被巨浪冲刷成一道道浪坎，那单薄的堤身在不断地被侵蚀，如不及时采取措施，就会有溃堤的危险。

那个季节的风以北风为主，而从大垸子闸向南垂直延伸的800 米段面形成浪坎的可能性最大，这里便成为全市最长、最危险的段面。也是我们镇的责任段面。

传统的挡浪手段是用枝繁叶茂的树冠挡浪，具体办法是：先在水中支起若干根木桩，再将当场砍伐的枝繁叶茂的树木运过来，将它与大堤呈"丁"字形的方向迎水面支撑着，然后用铁丝将树干固定在先打在水里的桩上，这样，大浪拍打过来时，就被支在堤前面的树冠挡回去了，确保堤身不被浪冲击。

按照我镇六公里的段面计算，每三米有一根挡浪的树，就需四千根，再加上每根树至少需要三根桩，本镇段面就需要砍伐正在生长的树木近万根，树从何来？

按当时的防洪法的规定，在特别紧急情况下可以无条件就地取材，平调当地的自然资源。当时，全域防汛段面上不管是谁栽种的树木自然全部被平调用于挡浪。尽管数量已经不少，但缺口依然很大。刚好汉南境内有一个属于国家第一冶金建设公司的林场在我们段面上，那里有几百亩水杉林，几万棵水杉树，树木都已达碗口粗，二丈多长，树冠也非常浓密，是挡水的最好材料。防汛大于天，经协调对方同意让我们去砍伐。

树一车一车地运到了河边的段面上。根据天气预报，五天以后将有一次大的降雨过程，并伴随大风，市里要求我们务必在三天内完成护浪设施，那可是一场非常紧张的战斗，我亲自到联系点油合村，与群众一道下到水里打桩，用铁丝固定挡浪的树。

经过两天半的不懈努力，沙湖镇责任段面挡浪设施全线完工。第三天下午，当时的指挥长、市委书记许克振专程来到我的段面视察，见责任段面六公里迎水面三米多处全部是一片密不透风的树冠，他亲自下水用脚踩了踩固定树干的木桩，又看了一看铁丝缠绕的松紧度，上岸后连连称赞："沙湖挡浪工作做得好！"第二天上午，许克振书记将其他九个镇办的党委书记带到我们段面，要求他们向沙湖学习，落实挡浪工作！

我清楚地记得那是 7 月 20 号晚上，那时我刚巡堤回来休息，突然一声尖厉的霹雳把我惊醒。我立马翻身起床，门外已是大雨滂沱，狂风呼啸。我披上雨衣，穿上套鞋，向大堤上冲去。呼啸的狂风仿佛要把人托上天空，我连站都难站稳，整个东荆河像一锅沸腾的开水不停地翻滚着，卷起滔天巨浪，三米多高的浪头一个接一个重重地砸向堤岸。

尤其是大垸子闸向南延伸的 800 米堤段，人站在岸上，风呼呼地扑面而来，雨水借着巨大的风力，打在脸上身上噼噼啪啪地响。那一个个巨大的浪头径直地冲向堤岸，重重地砸在挡水的岸上，溅起的水花逾越堤面，扑到大堤的另一侧，哗哗飘飞的水将本来一片乱泥的堤面泼得更加泥泞。

更为可怕的是，经过整整三天的努力建成的那一排排整齐的挡浪设施被这狂风巨浪冲刷得荡然无存,河堤边一片狼藉,七零八落的树木随着风浪,不断地撞击着堤岸,很快有多处浪坎已经接近一米深了。

面对此情此景,我的心中涌动着回天无力的无奈与莫名的恐惧,我下意识地在泥泞的堤面上艰难地挪动脚步,想看看其他段面的情况。往汉南方向走不到100米,正好与值夜班的搭档杜坤明镇长碰头,他一见到我便无望地瘫倒在泥地里失声痛哭起来!

狂风肆虐了近一个小时才停了下来,雨势也骤然减小,黑暗中,一盏闪烁着昏黄微光的桅灯仍然在大堤内侧游动,那表明防汛的农民们依然在巡着堤,而我和一大群人呆若木鸡地站在迎水面,那神态,好似一尊尊绝望的雕塑。

天亮后,我重整旗鼓,组织防汛队伍收拾残局,重新构筑防浪设施。这次我们吸取教训,在树桩之间加上了横衬,将桩与桩连成一片,再将固定树木的点分布呈不规则的状态,让受力点分散,通过三天的努力,一道新的防汛屏障又在全段面铺排就绪,新的固定办法使防浪设施更加坚固。改良后的设施果然经受住了防汛后期风大浪急的考验,从此,全段面的挡浪设备再也没有被洪水和巨浪冲垮过……

四

8月1日凌晨五点,我刚进入梦乡,水工队的小李就兴奋不已地叫醒了我,迫不及待地向我汇报道:"刘书记,水位下降了。"听到这个好消息,我一个鲤鱼打挺从床上跃起,拖着一双鞋就往堤上跑,一看,水位果真明显回落,便问小李降了多少,小李把握十足地回答:"降了8公分!"

一听说有这么大的降幅,刚才那种期盼已久的兴奋却立刻打住了,我冷静地对小李说:"这不正常,从水文站这几天传来的消息,长江沿线没有降水的信息,即使是这几天水位回落也不可能有这么快,一定是哪里出问题了。"

早上市防汛指挥部召开的会议证实了我的判断——昨天深夜,长江嘉鱼簰洲湾段倒口了,整个簰洲湾已被洪水淹没。水位虽然回落了,但簰洲湾溃口的现实使我本来十分紧张的神经绷得更紧了。

没过两天,水位不仅回涨到从前,还开始不停地向上攀升。8月6日晚九点多钟,异常天气再度降临,那天先只是下着小雨,到了九点四十左右,狂风大作,巨大的雨点伴着狂风密密麻麻往下坠。

气象部门预报那天晚上防汛区域可能有八级以上的龙卷风掠过,我早早地来到堤上巡视,突然尧帮大队的蒋书记气喘吁吁地跑过来向我报告,他段面上有一艘被风刮断锚的驳船冲垮了迎水面的防浪设施,正猛烈地撞击着堤身,已经冲开了近两米的豁口,他动用全村的民工都无法控制住那条船。

我一面拿起手机打电话到值班室,要求镇防汛机动突击队立即赶赴尧帮段面,一面冒着风雨跑步奔向尧帮段。好在不远,十分钟便赶到了现场,只见那条30多米长的铁驳船像一匹脱缰的野马,随着大风掀起的巨浪,不断地向大堤冲击着,堤身已严重受损。而几十个民工不知所措地站在那里,拿这个庞然大物毫无办法。

见此险情,我当机立断提出:迅速派人上船,把船上现存的缆绳扔下来,我们用人把船拉住再把它固定在岸边。两个水性好一点的民工爬上船将缆绳扔了下来,突击队员也正好赶到。

一场人与船的拔河比赛开始了。

我指挥30多个年轻力壮的小伙子一个挨一个地拉住缆绳,高喊口令一、二、三!大家一起高喊一、二、三,屏住呼吸把船往岸的方向拉。一阵大风将那不听使唤的船推向河心，几个年轻人不慎被风带入水中，好在河岸不深，人也很多，很快就把几位落水的人员拉上了岸。

由于刚才的拖拽，那驳船挪动了一个位置，又向一个新堤身撞击上去，面对这个庞然大物，大家又显得无计可施了。我坚持自己的方案，将人员增加到60名，再一次拼命地将船往岸的方向拉，好在这次风没使劲，那条上下翻动的驳船终于被人们拉住，船头靠在岸边了。接着，我指挥大家将静态的船稳住，在大堤内侧钉了根钢钎，将缆绳牢牢地套在上面了。

但狂风依然在肆虐，尽管那船头固定在岸边，由于风力太大，船依然在不断地左右摆动，钢钎承受力度太大，很可能固定不住。见状，我又指挥大家在防汛物资储备处拿来一根粗壮的缆绳，将绳子的一端固定在船尾，然后略微松动船头的缆绳，又用60人将船尾拉向岸边，总算将驳船一字型稳定在了岸边，再用一根钢钎将第二根缆绳牢牢地固定上，使船不得动弹，这样一来钢钎的压力骤然减小，这艘桀骜不驯的驳船总算被我们制服了。

五

防汛人的心情如那可怕的气候一样，沉浸在一种焦灼与阴沉的氛围中。

每天上午传来的水位依然是一个字"涨"，到8月10日，水位已远远地突破保证水位，向上窜到31m了，这一水位是继1954年以来都没有出现过的，而且从防汛指挥部传来的消息，水还会有一个持续上涨的过程。

多数防汛的农民在大堤上已待了两个多月，按常规，其他年份一般半个月左右就收工回家了，即使时间长一点也不到一个月。因此，在当时的防汛队伍中，一种疲劳、厌战、恐惧甚至绝望的情绪像病毒一样蔓延。经常有村里的农民不服从调度，拒绝换岗上水利防汛，上来了再逃跑的现象也时有出现。全镇上下把防汛动员工作摆上了重要的议事日程。

8月10号那天中午，我正巡堤到大垸子闸仙桃一侧，突然发现有两辆装满民工的手扶拖拉机开足马力，从汉南向仙桃方向的堤面上疾驰。

大堤上的民工仿佛中邪似的，扔下手中的活计，拼命地上堤往仙桃方向飞奔。跑的人越来越多，一瞬间，大堤上满是黑压压一片逃命的人。他们中有人一边跑，一边叫道："快跑呀，向花段面倒口了，大水马上要过来了！"

一听这话，我蒙了，马上跑步到大垸子闸指挥部向领导汇报情况。当时副指挥长许克英主任听了也十分诧异，向花段由杜窑乡值守，许主任立即打电话到杜窑指挥部，得知向花堤段没有出现险情，便马上指示我，立即将民工拦住。

接到命令，我马上赶到指挥部，一看，段面上像秋叶被风扫过一样，空空荡荡，心里十分着急，立马决定将指挥部人员调集起来，分成三班，由我本人带人在大垸子闸设一道卡，由杜坤明镇长带人到五湖渔场至大堤的道路岔口上设第二道卡，由分管农业的副书记彭中才带人驱车到保丰泵站路口设卡，千方百计把人带回来。

同时，我立即打电话通知镇上的全体机关干部分头下到各自联系的村，督促逃散回村的民工迅速返回防汛一线。

由于措施得力，各级干部狠抓落实，到傍晚，各村报来的结果，人员基本已全部劝返，可以马上投入到防汛一线。

我总算舒了一口气，突然记起来，从中午到现在还粒米未进，便要食堂为我弄来些饭菜，狼吞虎咽地吃了两大碗饭，便匆匆地向大堤上走去。

此时，已是晚上8点半钟，我巡视在大堤上，看着内垸堤面上桅灯一盏盏有序地在游走，仿佛是天上的繁星一片，那是巡堤的民工在辛勤地值守，我突然被眼前这一景象深深打动！心里在默默念叨：中国的农民应该是天底下最善良、最勤劳、最有奉献精神的农民！

六

对小李每天送来的水情报告，我已经产生了一种莫名的恐惧。到8月12日，水位已高达31.2米，超保证水位1.2米，洪水离堤面不足一尺距离。而且指挥部传来消息，未来十天，水位仍然持续上涨，估计洪峰要到20号左右到达。指挥部还明确指示，必须在洪峰来临之前，全线筑起至少一米高的子堤（即加高现在堤面一米），使大堤能挡住32.5米以上的洪水。

这一任务对沙湖镇来说，是十分艰巨的，沙湖镇段面全线堤高不足31.5米，有些低的地方只有31.4米，按1∶2的坡比修子堤需土方9000平方米。按现在大堤防汛的人数2000计算，每人有5平方米的任务，而常规的巡堤和险段留守人员是雷打不动的，需1200人，真正能抽出来的仅600人，在5天内每人要完成15方土，1天3方土那完全是不可能的。

难度主要在取土上。因为水位太高，堤面已十分脆弱，当时指挥部已明确规定：堤面不允许任何机动车辆驶入，用机动车取土筑子堤已不可能，只能是人工。

土不能在堤脚取得，如果取土离大堤太近，无异于扯东墙补西墙，会给大堤增加安全隐患，所以指挥部规定，取土最近距离必须在堤脚以外80米。如果碰到堤脚下是旱田，那取土上堤难度会小一些，沙湖段面堤脚下80%是水田和鱼池，一来水田、鱼池无法取土,二来延伸到远一点的旱田处取了土,根本没有道路可搬运上来。

怎么办?经实地考察后,我果断地作出两项决策:一是增派人手,本着特事和特办的要求,紧急动员,全镇镇直单位和农村按比例增派 3000 人赶往防汛一线,并迅速充实到以村为单位的各个段面;二是采用接力传递的方式把装在蛇皮口袋的泥土一袋一袋地传递到堤面上,边传边筑子堤。

这一决策马上就在全线展开,那又是一幅令人震撼的画面。整个段面基本上每隔 30 米左右便有一条由 100 多人组成的接力传递链,将装满泥土的近 50 公斤的蛇皮袋一袋接一袋地传运到大堤上。我本人也作为接力手之一,参加到油合村段面的接力队伍,站在齐腰深的鱼池中,把一袋又一袋的泥土运往大堤上。

第一天下来,大多数接力队都超额完成了任务,多的一天完成 2000 袋土,少的也有 1800 袋土。就这样,我们仅用了四天半的时间,提前完成了子堤构筑任务,经指挥部主要领导验收完全合格!

我们又打赢了一场漂亮的攻坚战!

事实证明,构筑子堤的决策是英明的,就在我们完成子堤工程之日,也就是 8 月 16 日,东荆河水位已突破 31.7m,高出原堤面 0.2m,当时已经是全线子堤挡水了!

在大自然的伟力面前,人类是十分渺小的,人定胜天只是一个美好的愿望。那些天,我睡意全无,整天忧心忡忡,看着一天天上涨的洪水,内心深处的确产生过力不从心的念头。尽管如此,却始终有一种神圣的使命感在支撑着我,我总觉得作为这六公里段面的主要责任人,对大堤内那些良田、庄稼、村庄、城镇、大武汉,还有成千上万人们的生命财产的安全负有不可推卸的责任,所以,对自己倾情付出觉得责无旁贷、无怨无悔!

8月20日，我们接到指挥部通知，今晚将迎接东荆河的最后一次洪峰。

那天，我心情既紧张、又激动，紧张的是对子堤挡水信心不足，激动的是这将是最后一次洪峰，扛过了我们就胜利了！

那天水涨得比往天快一点，到中午就突破了31.92米，到下午五点钟竟涨到了32米，水面离子堤仅3.3米。到晚上八点，水位冲高到32.18米。看着不断攀升的水位，我默默地祈祷并苦苦地期待着洪峰是冲顶了！

果真，一个小时后，水位微微下降了，我永远不能忘记，1998年8月20日20时，东荆河水位冲到有史以来的最高水位：32.18米，创造了历史，我们也创造了战胜洪魔的奇迹！

退水的时间是缓慢的，这是件好事，如果退水太猛，大堤容易出现滑坡的险情，20天以后，全线水位回落到警戒水位（29米）以下。按规定，我应该可以"班师回朝"了，但为了做到万无一失，我一直守到9月16日，直到水位降至设防水位（28米）后才回到了沙湖镇。

102个日日夜夜，我没有回过一次家，一天也没有离开过防汛责任段面，与全镇人民一道风雨同舟、共同拼搏，终于战胜百年不遇的特大洪水，确保了一方安危。

时隔十年，听说国家斥资百亿改造了东荆河堤，我应邀再上东荆河，此时东荆河堤已加高到32.5米，堤面道路均为水泥铺设，迎水面也已全部用不规则的大石块粘成护砌，东荆河已今非昔比，固若金汤！

彭场十日

◎　朱湘山　刘景岗

引言

从湖北仙桃城区顺着仙南省道南行 17 公里,就到了彭场镇。在小镇的路口,有一座十分雄伟的高楼,每天,当薄薄的晨雾刚刚褪去,阳光就跃出云层,照亮大地,照亮楼顶上矗立的四个红色大字:英雄彭场。

谁能想到,这四个大字的背后,曾经创造过争分夺秒的制造奇迹,曾经发生过一场令世界瞩目的"防护服之战"。

一

2020 年除夕之夜,大雨刚过,鞭炮声毫无新意地响过之后,很快又归于冷清。

所有的店铺都关门闭户,那些平时贪玩而不畏寒冷的孩子们也四散离去,宽阔的街道空荡凄清,有一种从繁华突归沉寂的猝不及防。小镇渐入梦乡，偶尔伴着小儿的夜啼和年轻母亲带着倦意的安抚声。凛冽的寒风从汉水河谷呼啸而来，成为这些人间的背景音。

大街小巷好像都睡去了，有一种无形的动力正在悄然苏醒。

彭场，这座有着"中国无纺布之都"称号的小镇，正沉浸在战时动员的紧张气氛中。

把目光拉回到两天前。

2020年1月22日（腊月二十八），湖北省新冠病毒防疫指挥部决定把生产医用防护服的指令下达给仙桃市彭场镇。会议结束后，省里派人立即赶赴彭场调查部署。

从除夕开始，将有346支医疗队、4.26万名医护人员驰援湖北。几天后，武汉的雷神山与火神山将相继动工，医疗防护服的需求迫在眉睫。

根据工业和信息化部监察调度的情况：当时全国医疗防护服日产不足一万件，而湖北省未来十天每日需求将达到3万件以上。

医用防护服的生产有20多道工序，制作的瓶颈是缝制后有缝纫机针眼的部分。这一地方必须贴上蓝色胶条，以防病毒渗入。彭场镇现有的贴条机仅有72台，分散在17家厂子里，正常情况下日产不到5000件，由于热合贴条技术工人奇缺，平时这些有技术的工人都是"打跑工"，哪家厂有需要就到哪家去做，镇内贴条工不足50人。因此，以此条件达到日产3万—5万件几乎是不可能的！

听完汇报，王晓东省长立即于1月26日（正月初二）赶赴彭场。在彭场镇裕民防护用品有限公司的会议室里，挤满了参会的人。他们有的是省里的领导，有的是仙桃市和彭场镇的干部，还有生产防护服的企业法人。

会场气氛紧张而严肃，晓东省长问时任仙桃市委书记周志红:"以你们现在的生产能力,每天可生产医用防护服多少套?"

周志红书记说:"以我们现在的设备,理论上可以生产5000件左右,但由于工人等生产要素缺乏,实际日产只能达到2000到3000件。"

王晓东没有迟疑,加重语气说:"我知道,当前要你们完成这个任务十分艰难,但形势紧迫,我们没有别的选择,必须共同面对,克服一切困难,完成历史赋予你们的这一艰巨任务。今天我和你们立下军令状,不管有多大的困难,你们务必在1月29日达到日产12000件,2月8日达到日产30000件,任务完成之日,我亲自来嘉奖你们。"

不容置疑的态度,没有给与会者半点讨价还价的空间。至此,也把一家专门生产防护服的企业推到了历史的前台——仙桃誉诚无纺布制品有限公司。

二

2020年1月22日(腊月二十八)。

一架波音738飞机降落在三亚凤凰机场,誉诚公司董事长朱思雄和他太太、誉诚公司总经理周利荣带着两个儿子走下飞机,准备在那里度过一个温暖惬意的春节。这是他们全家第一次到海南。

海风温柔地吹拂舱门,也温暖着从寒冬走来的一家人,对于后面的行程,他们充满憧憬。

周利荣没有想到的是,一天后,武汉天河机场这座中部最大的国际机场将正式进入停航状态,她也没有想到,她所在的彭场镇,一天后会成为湖北的焦点、中国的焦点,她更没想到的是,她将会成为彭场抗击疫情中的关键人物。

刚走下舷梯,周利荣就接到一个来自家乡彭场的电话:"周总，整个仙桃、整个湖北都要封城了，我不能与你们共度春节了。"

这是一位同样准备来三亚过春节的同仁打来的，而他买的机票仅仅比周利荣晚了一天。

听到这个消息，周利荣皱起了眉头。作为专事生产医疗防护服的企业家，她意识到问题的严重性和无法推卸的责任与担当。她对丈夫朱思雄说："既然到了封城的地步，事态一定很严重，以我们经历'非典'和'禽流感'的经历来看，是我们该发挥作用的时候了，我明天回去。"

丈夫和孩子们都有些不解："辛苦这么多年，好不容易下决心全家第一次到外地过春节，还没有落脚你就要回去，不妥吧！"

周利荣说："你们在这里过春节吧，我必须马上返回！"

顾不上仔细解释，她立即购买返程机票、车票。这时她发现汉口、武汉、武昌均已关闭火车站，飞机也不再经停，她便果断买了前往长沙的机票，并通知厂里的司机，1月23日下午三点半去接她。安排完这些事情以后，她又马上打电话给广东江门"铁金刚牌"贴条公司的梁经理，按照镇里的安排火速订购150台贴条机，要求他们以最快速度将设备送到彭场誉诚公司。

从黄花机场出来，夜幕已经降临，空旷的高速路上少有车辆，外面风雨交加，汽车穿过雨幕一路北行，车灯划破茫茫夜色，成为数九寒冬的一抹温暖亮色。当晚11点半钟，周利荣迈着疲惫的脚步回到家里，立即召集工人布置生产。

就在这时，她接到了镇政府的电话：通知她第二天带样品去镇里开会。

斯时，已是午夜，最后几扇窗户的灯光依次熄灭。

誉诚公司是彭场镇专门生产防护服的工厂，成立不到五年，人数不足两百人，接到镇里的电话，周利荣十分惊讶，她从来没有与镇里任何领导打过交道，这次怎么镇里突然想到了誉诚呢？

带着种种疑虑，周利荣彻夜难眠。

三

2020年1月24日（除夕）上午8点，北风呼啸着、翻卷着，带来阵阵寒意。

周利荣带着样品准时走进镇会议室。在这里，她看到一些熟悉的面孔，都是彭场大企业的业主。刚选择一个不起眼的角落坐下来，省、市、镇的数十名领导进入了会场，还有两位专家。

没有任何寒暄和客套，会议一开始，直奔主题，一切都在和时间赛跑。

镇委书记胡常伟开门见山："各位企业业主，今天把大家找来有两件事：一是请大家把厂里的样品交给省防疫专家鉴定，看你们的产品是否符合要求；二是调查一下我们全镇生产医用防护服的产能，请你们先把样品放到前面来。"

结果很快出来：23家企业的样品只有誉诚一家的产品符合进入ICU的标准，镇里先前库存的165万件防护服只能另作他用，这个消息如同冷雨浇心。

彭场本来是中国无纺布制品名镇，全镇有300多家生产无纺布及其制品的企业，但主要是出口到欧洲和美国，用于电子企业、环卫部门等行业。而医用防护服的标准极高，主要体现在三个方面：一是面料独特，要在透气膜的基础上再覆压一层膜，确保任何病毒和细菌无法入侵；二是做工精细，防护服是用缝纫机将裁剪好的无纺布料连接成衣服，为了不让病毒与细菌入侵，凡针缝过的地方必须贴上胶条，将针眼封实；三是必须经过特殊消毒工艺才能穿到防疫医生、护士及进入传染区各类人员的身上。誉诚尽管厂小，但他们一建厂便与深圳稳健公司合作做这种服装，拥有自己独家的技术标准,除了誉诚外,这在彭场还没有第二家。

与此同时,统计数据也出来了,整个彭场镇,拥有生产这种医用防护服贴条机的设备共72套,分布在17家厂,如果工人全部到位,理论上可日产防护服5000件左右。

面对这个结果,省经信委的领导坐立难安,市委常委、统战部长余文华也非常焦急。镇委书记胡常伟面色严峻地看着与会的企业家,问道:"有什么办法让我们镇日产医用防护服达到3万件?"企业家们面面相觑,有的低头不语,有的拨浪鼓似摇着头,有的嘴里低声念着:"根本不可能!"

是的,不可能,根本不可能。

短暂沉默之后,坐在角落的一个女士站了起来,她说:"胡书记,有可能!"

仿佛在茫茫黑夜中看到一丝亮光,镇委书记惊喜地看着站在后排的女士。

她是周利荣。

这是一个地道的农家姑娘,从仙桃的农村一路走来,依循着父母骨血里的淳朴、善良,再加上自己的聪颖、务实,她越走越远,越走越高,成了彭场专门生产防护衣的誉诚无纺布制品公司的总经理。最难能可贵的是,她一直没有丢弃最初的清澈和纯粹。

连续几天的旅途劳顿和熬夜,她的脸上还留有明显的疲惫,头发有些蓬乱,眼圈发黑,声音沙哑,但是目光透着坚定、自信。

周利荣说:"这个产品工艺并不是很复杂,只要有充足的设备和工人,没有什么不可能的!我昨天回来前已经按照镇里的意见在广东江门定了150台的贴条机设备,很快将运抵彭场,加上我们现有的70台设备,已有220台设备,正常情况下,一台设备加班加点一天可生产150—200件,我已通知工人返厂上班,估计今天有70人到厂,明天160人可全部复工,只要精心组织,日产3

万件是有可能的！我有信心！"

仿佛一剂强心针,周利荣的发言让焦虑的众人在迷惘中看见了希望的曙光。

四

企业家们离开会场后,彭场镇委一班人留下来连轴转,就尽快如何恢复防护服的生产细节和技术问题继续深入研究。

还是胡常伟书记主持,他抛出了一个话题:"请大家以问题为导向,围绕困难与痛点提出解决问题的办法和方案,大家要放开谈,自己解决不了的问题我负责找市里,我们的方案要做出一切有可能的选择!"

没有上下班的概念,吃了一顿简单的盒饭后,大家继续讨论,最终形成如下意见:

迅速排查信息,向全市征集贴条机设备,同时继续敦促业主购买贴条机;敦促指定企业复工复产,加大力度招募员工复工复产;最大限度地找回热合贴条工;将贴条机集中到部分企业,统一管理;将7名领导班子成员分派到生产医用防护服企业,协助企业做好职工防疫及思想政治工作。

根据会议形成意见,彭场镇委决定实行两个"六"的工作部署,即"六统一"和"六加一"。

"六统一":统一调剂采购设备、统一原材料供应、统一员工防护食宿、统一检疫检测、统一装箱运输、统一资金拨付。

"六加一":一家原料企业加六家生产医用防护服企业,"一家"是生产面料的拓盈卫生制品有限公司,任务是从山东将生产医用防护服的透气膜采购回来,再将透气膜表层覆压一层膜。其余六家企业是:誉诚、裕民、富士达、泰威、泰晨、致霖。(后期又增

加了新鑫、万里、宏宇、三智,实际形成"10+10"的格局)

这个总体布局,彭场镇委一班人是用心良苦的,当时有人提出将生产企业摆在一家更易于管理,但胡书记经过慎重考虑,认为如果放在一家,这家出现疫情将全军覆没,风险太大,于是确定六家企业。

要将这17家的设备及人员全部集中到这6家企业,谈何容易?首先必须得到另外11家企业业主的同意,将设备转出,还得另外6家业主同意接收。

胡常伟准备亲自与这几家企业业主商谈,但他心里实在底气不足。当时,35元一件的防护服外面已卖到200元以上,甚至次品也有人收购,中小企业夹缝中求生存,好不容易等来一个契机,他们没有义务放弃。为了给自己壮胆,胡常伟请市委常委、统战部长余文华到他办公室坐镇,他先到会议室分头与每个业主谈。

2个小时后,胡常伟红着眼眶走出了会议室。

17家老板众口一词:疫情在即,大敌当前,镇里怎么安排,我们怎么配合!

谈话中,胡常伟,这个长期工作在基层、性格刚强的男子汉几次感动地流下眼泪。

中午一碗方便面后,胡常伟立即安排人组织搬运安装设备,必须在大年初一早上将所有设备搬迁安装工作到位,立即组织生产。

接下来又和企业业主联系,调查镇内热合贴条工的情况,但结果很不理想。因为医用防护服市场需求量很小,厂家的订单不多,也不是常年都有订单,所以贴条工在彭场镇内多是"打跑工",在当下显得特别紧缺。

这一调查结果让胡书记十分沮丧,他向市领导报告了这个严峻的情况。

吃过晚饭，胡书记和镇长肖述超一道开始督查设备搬迁调剂的情况，他们逐厂去看，了解工作存在的问题，然后逐一化解，当他们走完最后一家厂，全镇贴条机的设备都按要求安装完毕。

忙完这一切，已是深夜一点多钟。

夜色像一张冰冷的网，从高空迅速罩到小镇的上方。走在路上，寒风铺天盖地，空中飘着小雨，几个人都成了风雨夜归人。在赶往镇委办公室的途中，天气越来越冷，大家内心却冒着热气。听着风雨在窗外的脚步，胡书记忽然感到每分每秒都消失得太快、太快。

为缓解设备与员工的缺口，镇委一班人打听到沙嘴有两台设备。胡书记立即打电话给沙嘴书记刘方武，刘方武亲自押车将设备送到彭场。杨林尾有三台设备，杨林尾柳华斌书记也亲自押车将三台设备送往彭场。

沙湖中帮办事处有两台贴条机，春节放假没司机，胡常伟亲自驾车到中帮将贴条机运到彭场。

在那些紧张而繁忙的日子里，全镇领导和机关干部当过勤杂工、车间主任、运货司机、快递小哥，也当过保安、门卫和清洁工。

大年初一，彭场镇前期的各项工作进行得有条不紊，总体工作布置到位，放假的工人陆续上班，整个彭场镇仿佛一台制作防护服的庞大机器，开始日夜不停地运转。

立下军令状的当天，周利荣采购的150台贴条机设备顺利运抵彭场，再过两天，由政府牵头采购的另外110台贴条机也将组织到位。

拓盈的总经理刘开宇向政府表态：原材料供应可以保证。摆在领导面前最大的瓶颈就是拥有贴条技术的工人奇缺，而没有贴条工一切都是空话。有人提出方案，强化培训，有经验的业主反映：这项工作技术含量极高，没有两年以上的工作经验，不仅达不到每人日产 150—200 件的数量要求，质量更无法保证！

缺口 200 多名，正值大年初一，交通不畅，人们谈"鄂"色变，加上数九寒天，去哪里找贴条工人？即便是找到了，他们能顶风冒雨立刻来到彭场吗？

五

关键时刻，一位巾帼英雄挺身而出，她是仙桃市劳动就业管理局副局长王桂红。

从全国招聘贴条工无疑是大海捞针，更何况是年关期间，在强大责任心的驱使下，王桂红没有退缩，她以富有创造力的工作实践在一团乱麻中抽丝剥茧，渐渐理出了头绪。

1 月 30 日（正月初六），带着缺工的问题，市人社局与镇领导一起走到企业调研。一行人来到誉诚，看到崭新的设备，王桂红拍下了工作流程的视频，同时也拍下了设备产地、公司名称。回过头来，她仔细问了周利荣卖给她设备企业的那家联系方式，得到了广东江门"铁金刚"牌贴条机公司销售经理梁影斌的电话。

带着试探的心理，王桂红迫不及待地拨打梁影斌的手机。听说是找工人，梁影斌有些不悦，说"不知道，再想想"，就挂断了电话。但王桂红绝不轻言放弃，连拨四次电话都被对方拒绝，第五次对方终于接了电话，王桂红说："梁总，疫情在即，每个人都要承担起应尽的责任，你为我们提供贴条工，尽管不属于你销售经理的责任，但也是在做一件功德无量的大好事，我相信只要有良知的人不会回绝我的请求！"

情真意切的话语感动了对方，对方说："让我找找再答复你。"

梁经理没有食言，不一会儿，他主动打电话给王桂红说，他已先后为她联系了三个负责培训贴条工的师傅，一个是四川的，两个是安徽的,并将这三个人的号码提供给了王桂红。

王桂红首先联系安徽的姜姓师傅,对方非常爽快,不到一个小时就为她提供了6位贴条工的电话号码。王桂红马上分头与这6个人联系。时值春节,在各种电话应接不暇的当下,一个陌生人的电话进入且能正常接通,其难度可想而知,一般都得打上2—3个电话才能正常沟通,他们中有一位,王桂红打了17个电话才将对方工作做通。到了下午2点多钟,靠王桂红坚韧不拔的耐心,人民的高度责任感,加上较高的薪酬,6名工人思想工作全部做通,答应立即赶到彭场。

初战告捷,王桂红喜出望外,她又联系到四川的贾师傅,这是一位35岁的年轻人,非常有担当,他表示:"王局长放心,我马上给你满意的答复!"不到2个小时,贾师傅回话:"今天晚上,我带12名贴条工到长沙南,你们负责接站!"

王桂红在与四川的贾师傅沟通中,发现他虽然年轻,但在贴条培训上是一个走南闯北的老手,在他身上可以挖掘出更多有价值的信息。王桂红就盯住他,一有空就打他的电话与他交流经验。王桂红甚至与他拉起了家常,在电话里,她动情地告诉小贾,汶川大地震期间,她还在乡镇工作,主要负责赈灾捐款。当她亲手把募集的30万人民币上交仙桃红十字会转送到汶川时,她感到十分的欣慰与自豪,因为她将一份爱奉献给了汶川人民。四川与湖北毗邻,是一家人,家人有难,哪能袖手旁观!她把自己工作中获得的荣誉证书拍图晒给他看,小贾师傅完全被王桂红这种大爱所感动,他搜肠刮肚,把能起到作用的所有信息都找了出来。

通过这些信息,王桂红又招到了24名贴条工,同时找到更重要线索——小贾说他在武汉雅利达公司做过培训,雅利达公司应该拥有相当数量的贴条工,但他已没有了对方的联系方式。

凌晨3点37分,经过一夜的搜索,王桂红锁定了一条信息,那是湖北雅利达公司 2016 年在孝感注册的一个服装厂，上面有业务经理王丽丽的电话，那一刻，她兴奋不已，就靠在床上，迷迷糊糊地"熬"到了天亮。

六点钟，早了，七点，还是早了，等到时钟走到八点，王桂红迫不及待地拨打了王丽丽的电话。对方同样是个有爱心、热心快肠的企业家，通话 3 分钟，她们成了微信好友；8：09，她得到了三个师傅的联系方式；9：10，王桂红就完成了与三个师傅的沟通，两名师傅表示将尽快抵达彭场，一名师傅因妻子隔离在外地，他照顾小孩无法前往，但他给王桂红提供了 17 名贴条工的电话信息。

于是，新一轮的电话沟通又马不停蹄地开始。

与王丽丽联系还得到一条重要线索，贴条工主要集中在生产登山服、雪地服、雨衣的厂家，抓住这些信息，王桂红像着魔似的搜索着这些厂家，这些企业多半在福建、广东、浙江等地，王桂红一方面是不停地搜索这些厂家的联系方式，不停地打电话，连上洗手间时都在接打电话，一方面向省就业局求助，省就业局局长熊娅玲亲自发声，号召全省就业局联动，帮助彭场招募贴条工。

跟踪追击，多管齐下，王桂红又招到了 64 名贴条工。

一个名叫李高阳的年轻人，从福建投身彭场后，被王桂红这种大爱的精神所感动。他 2 月 6 日告诉王桂红，他手头有一个跨全国区域的"热风平夹埋夹车工群"的网络平台，聪明的王桂红立即请求对方想办法把自己拉进微信群，让她在这个微信群里作动员，邀请工人来仙桃。

所幸，王桂红成为这个平台的 500 名网友的最后一个，从而让她拥有了更大的点对点空间，在这个平台上，王桂红每天都要发布情真意切的短文，动员群内网友们投入到抗疫一线：彭场。

经过 5 天的不懈努力，王桂红从全国 10 个省市招募了 252 名贴条工，这批贴条工赶往彭场，迅速化解了贴条工短缺的矛盾，破解了这个难题。

从不愿接听电话，到耐心听她倾诉，到积极投身战场，再到帮助她提供线索，最后还帮助她找到招工的途径，一个个萍水相逢的陌生人成了她志趣相投、共同抗疫的战友。

如同一个掘井人，王桂红用她柔弱而坚韧的双臂凿开坚冰，挖上一眼井，引出一泓涓涓细流。

六

很难想象，一件小小的医用防护服能牵动社会的每一根神经，上至国家主要领导人，下至普通工人。

"六加一"的拓盈是负责源头供布的，该企业主要负责从山东采购透气膜，然后回到彭场的厂里覆一层膜成为防护服的面料。

然而，从一开始拓盈就遇到了大难题，厂方派的司机到山东东营拖原材料，对方一看是湖北牌照，立刻有了戒备心，不仅不让下高速，也不允许滞留。

司机回厂后，面对拓盈业主刘开宇放声痛哭。刘开宇一方面安慰司机，一方面向胡常伟书记反映了这一情况，事态十分严峻，没有原材料，防护服便成无本之木，无源之水。胡常伟及时汇报到市委书记周志红，周书记汇报到省防指。在上级部门的协调下，仅用一天的时间，山东省对拓盈公司开具了特别通行证。

从那天起，拓盈公司每天都从东营源源不断地运输所需原材料，这个故事至今成为广为流传的佳话。

生产期间，省委、省政府、省经信委、省卫健委等多个部门都派员进驻彭场，及时协调解决仙桃市内无法解决的问题。仙桃市委书记周志红、市长余珂及主要领导几乎不分昼夜奔走于彭场与仙桃之间，准确及时地解决了生产过程中出现的难题。

除了誉诚外,其他 5 家厂家没有生产过医用防护服,对质量要求把握不住,誉诚公司及时无偿提供了生产的技术标准。省里从深圳稳健公司抽调 12 人进驻 6 家厂,把握产品质量关,还从江西调剂 2 名技术人员帮助拓盈公司把握新设备关键技术要领。

为了防护服产能达标,省、市财政及金融部门共筹措资金 4.2 亿元用于这些厂购买设备、招工、防疫及流动资金需求,确保正常生产。

七家厂的职工仿佛上了发条的闹钟,每天工作 12—14 小时,也没有人叫苦叫累。

拓盈的老板刘开宇将一个朋友的视频发给大家,视频描述武汉某医院一名护士长用不干胶粘防护服,并督促哭泣的护士去病房,还反映这位护士不敢回家,在车上住了两夜。工人们看了视频,含着泪一丝不苟、兢兢业业地赶制面料,誉诚公司工人朱思国从大年初一到元宵节每天忙碌 15 个小时,他说:"医护人员在一线拼命,我们得把自己逼狠一点,做快些,再快些!"

正是火烧眉毛的紧张时刻,周利荣总经理住所的隔壁却发现一例新冠患者,市里要将周利荣全家隔离。工人们听说后产生害怕心理,周利荣含着泪一边苦口婆心地用视频给员工做工作,保证她和丈夫隔离,让工人们留在厂里,劝说出走的员工返厂,一边要儿子从深圳回到镇里。

她说:"我们家原来就一无所有,现在为了防疫,厂比人重要,如果我患了新冠,我愿意马上将厂子交给政府,只要保证能正常生产。"

工人们听到这一席话全部都哭了,回家的工人也纷纷回到厂里,这家专门生产医用防护服的企业得以正常生产。所幸后来检查,周利荣及丈夫都没有感染新冠病毒,解除隔离后,周利荣和她丈夫朱思雄争分夺秒地守在工厂,吃住和工人们在一起,每天很少在凌晨三点以前休息。

到 2020 年 2 月 2 日（正月初九），誉诚公司日产防护服达到 1.4 万件，占全镇总量的三分之一，到 2020 年 4 月 8 日，该厂已为全省提供医用防护服 46 万件，这个弱女子以自己的可贵行动扛起了一面抗疫的大旗。

誉诚公司生产线上工作的女工，大多是一些中老年女性，最大的已过 70 岁。工作之外，这些女工也为女为妻、为母为媳，岁月授予她们太多的责任要担当，太多的本分要尽守，心有时要撕裂成几瓣，常常连痛都还来不及品味，就顶风冒雨，扎进车间，从初一到十五，风雨无阻，她们真的太难太难了。

但为了抗疫大局，依然是朝斯夕斯，念兹在兹，谁能想到那些孤单疲惫的时刻，她们是如何面对和度过。每当说到日夜坚守在生产线上的女工的时候，周利荣总是感动得热泪盈眶。

是的，真正震撼人心的，不仅是白天轰轰烈烈的挥汗如雨，更是茫茫长夜的灯下背影，不仅是铁血，更是铁血后面的柔情。

七

语言是苍白的，医用防护服生产过程中所遭遇的困难，远远超出了人们的想象，所幸由于各方努力，一切都在有条不紊地进行。

2020 年 2 月 8 日（正月十五）清晨，又是一个通宵达旦的不眠之夜。春风从通顺河边款款吹过，太阳像一面锃亮的铜镜，温暖着早春的小镇。含苞的柳枝和郊外的油菜正吐出点点新绿，在春日的阳光下，闪烁出一种质地轻盈的光华。

这一天，彭场医用防护服日产量按王省长的军令状达到 3 万件，到 2 月 26 日已增加到日产 5 万件，满足了湖北省医用防护的需求。此前，雷神山、火神山两家医院已分别于 2 月 2 日和 2 月 6 日交付使用，建设时间分别是 10 天和 12 天。

很多人都知道，雷神山、火神山的建设奇迹，却不知道两大战地医院来自各地援助湖北的医生和护士们每天穿的医用防护服都出同一个地方——彭场！

作为中国非织造布产业的名镇——彭场，在抗击疫情中创造了令世界瞩目的奇迹：截至 2020 年 3 月 18 日，以彭场为主要生产基地的仙桃市日供应口罩已达到 5000 万片以上，医用防护服日供 5 万件以上，累计向省指挥部调拨医用防护服 191.67 万件、一次性医用口罩 1.54 亿片、N95 口罩 293.35 万只、医用外科口罩 1221.96 万片、一次性民用口罩 7.19 亿片，解决了全省战"疫"的燃眉之急，体现了英雄彭场的责任担当。

现在，我们已经无法精确统计，究竟有多少人参与了彭场十日这紧张的"防护服之战"。我们只记得，面对新中国成立以来发生的传播速度最快、感染范围最广、防控难度最大的一次重大突发公共卫生事件，小小的彭场展示出了强大的凝聚力和战斗力。

2020 年 2 月 10 日（正月十七），王晓东省长第二次踏上了彭场这片土地，他对在场的基层干部和企业业主不停拱手鞠躬，激动万分地说："感谢大家，我为大家能在这么短的时间完成如此艰巨的任务而自豪！"

在这场抗击疫情的战斗中，彭场这座英雄小镇也诞生了一批可歌可泣的英雄。2020 年 9 月 8 日上午 10 点，全国抗击新冠肺炎疫情表彰大会在北京人民大会堂举行，以国之名致敬抗疫英雄。周利荣获得"全国三八红旗突击手"称号，彭场镇党委书记胡常伟获得"全国抗击新冠肺炎疫情先进个人"称号，受到习近平总书记的接见，誉诚公司董事长朱思雄代表公司从习近平总书记手中接过"先进党支部"荣誉证书，王桂红荣膺全国人社系统"党旗下就业人"先进共产党员称号……

彭场,作为这个伟大国度的缩影,决战决胜,让苦难升华,让磨炼涅槃。

彭场的幸运和奉献,莫过于它在历史的坐标中,义不容辞地履行了自己的使命担当,并最终把英雄彭场镌刻在人们仰视的星空。

冬天终将过去,春天必将来临。大江流日夜,慷慨歌未央。

湮没

大千世界似茫茫大海，芸芸众生仿佛大海中林林总总游动着的鱼。一条鱼要想在茫茫大海里生存并成长为遨游江湖的大咖，必然要历经千辛万苦。同样，一个人踌躇满志地投身社会，跃跃欲试地去努力与奋斗，一心想成为人中龙凤，同样需要历经风雨、饱受磨难，还得拥有天时地利人和的良机。

没有多少人愿意听从命运的摆布，尤其是那些接受过高等教育的青年男女，他们多数对人生有着独立的思考、明确的目标和为之奋斗的构想，有着出人头地的期待。就像一场漫长的马拉松，哨声吹响的那一刻，起跑线上的运动员都不会有认输的打算，只有跑完全程，才能分出伯仲。作为跑完人生大半程的人，当我回过头再看我们那些同龄人成功与失败的故事，得到了一些心得和体会，而这些肯定对在起跑线上和正在奔跑中的年轻人能提供有益的启示。

一

当年，没有人怀疑过周玉明将会成为人生赢家。从小学到高中,他的学习成绩一直在班上名列前茅。恢复高考制度的那一年,他又是我们同学中第一个拿到高考通知书的人。他被一所国家重点大学的矿冶学院录取,大学毕业后被分配到河南省一家金属科研单位工作。

他是独子,家里还有三个妹妹,父母亲希望他回本省工作,将来对家庭有个照应。周玉明既听话又孝顺,按照家里的意见,他开始准备各项回本省的事宜。他想,先在本省找一个妻子,结婚后即可以两地分居为由,调回本省。经人介绍,他认识了省城大型国有企业的一名女子,男女双方都很满意,不久便步入婚姻殿堂。经过两年努力,周玉明终于实现了调回省城的愿望,和分居两地近两年的妻子团聚了。

让周玉明万万没有想到的是,就在他和妻子团聚的第一天晚上,他的妻子跪在床头,对他提出了离婚的要求。这位女人向周玉明讲述了他不在期间所发生的事。他们结婚后,为了缩小夫妻间的文化差异,这位女子在周玉明的鼓励下,开始进入公司开办的夜大就读,在读书期间,她遇上了一位男子,丈夫不在身边的她与这位男子迅速坠入爱河,一年多来,两个人爱得死去活来,不可自拔。她在床头请求周玉明放他一马,与自己离婚。

有如万箭穿心的周玉明沉思片刻后,提出:"只要你与那个人断绝关系,我可以既往不咎。"她断然拒绝,流着泪,恳请周玉明高抬贵手,放她一条生路。万般无奈之下,周玉明只好答应了她的要求,与她办理了离婚手续。

一个被女人抛弃了的男人,是十分难堪的,再加上来自社会舆论的压力,他毅然决定离开这个伤心地,到南方去另谋生路。

20世纪80年代中后期,正是百废待兴、人才匮乏的年代,周玉明很快在广州一家民营企业铜管厂找到了一份工作。他懂技术,又具备良好的职业操守,很快得到领导的高度信任。企业老板为他配置了一套三室一厅的住房,一辆价值不菲的雅马哈牌摩托车。可以说,他的事业已经步入了发展的快车道。

工作安顿下来以后,他便开始寻找生活的另一半。周玉明学历高,气质优雅,风度翩翩,受很多女孩青睐。吸取上段失败婚姻的教训,这次他对自己的另一半做出了一个很理性的定位:不考虑家境、年龄、长相,注重对方的内在素质,讲究学历上的"门当户对"。

按照这一定位,在他人介绍的众多女孩中,他选择了一位大学学历的北京女孩,名叫王珺。都是三十出头的年纪,在社会的压力和家庭的催促下,他们接触时间不长就结婚了。两位高素质的人结合在一起,正可谓珠联璧合,无论是他本人还是旁观者,没有人不看好这段婚姻,但让人大跌眼镜的是,他的这段婚姻更加令人唏嘘。

周玉明在广州,妻子在北京,结婚后的第一件事是解决两地分居问题。当时周玉明在广州如鱼得水,事业蒸蒸日上,收入也相当可观。他压根儿不想离开广州,便提出把妻子调动到广州来。没有想到的是这个想法竟遭到妻子的强烈反对。婚后周玉明要回广州,临行前,妻子斩钉截铁地对周玉明说:"我跟你讲,广州我是不会去的,要想我们能成为一个完美的家,你必须立即辞掉广州的工作,调到北京来!"无奈之下,周玉明只好辞掉了广州的工作,调到北京一家国企。

让人没有想到的是工作调动这当头一棒仅仅只是一个开始,接下来,一套组合拳般的折腾,更是让周玉明全然丧失了招架之功。

初到北京的周玉明属于层级比较低的职员,他被安排与一名女同事同坐一间办公室,妻子知道以后,怒不可遏,强烈要求周玉明主动找领导调整办公室。这种不合理的要求周玉明是无法向领导开口的,眼看着办公室迟迟不见调整,她便亲自出马,在上班期间，站在办公楼下，大声叫骂道："和我男人在一个办公室，就是想勾引我男人！只要你还与我男人挤在一个办公室，我就天天来揭你的画皮，戳你的险恶用心！"她不知疲倦地在这里叫骂了三天，无奈之下，公司领导只好为之调整了办公室，调整后，她才善罢甘休。这场闹剧下来，周玉明在领导心中的形象一定是一落千丈了。

周玉明是一个循规蹈矩的人，他温顺且和善，颇有几分书卷气，是一个典型的物理男，适合做科研工作，如果有合适的条件，假以时日，他一定会大有作为，然而他的妻子彻底断送了他的前程。

王珺对周玉明的管理是不可理喻的，婚前她就明确对周玉明约法三章，不管工作多忙，晚上七点必须无条件回家。几次我到北京，好不容易把他约出来，我们只能是聊聊天，不等到吃晚饭，他就要匆匆忙忙地坐公交回家了。

那时他家住在一个二十来平方米的筒子间，有一次我到北京，执意要到他家去拜访，顺便看看他的女儿。他十分难为情地把我带到他家。万万没有想到的是眼前这个家如此破败，家具、衣服、杂物随意地摆放在那间窄小而拥挤的屋子里，一阵霉气扑鼻而来，这哪里像是受过良好教育的两口子的居所呢？人人都说家是温馨的港湾，但你无论如何也无法将温馨与这里联系在一起。

我曾委婉地问周玉明，为什么不把屋子打理一下呢？周玉明拨浪鼓似的摇着头，不无沮丧地说："你在前面收拾，她在后面给你弄乱，她有一个习惯，每天下班回家，都会盘点一天的收支，如果出现短款，哪怕是一分钱，她可以整夜翻箱倒柜，掘地三尺地找寻，直到找到为止。所以她一直强调，不要随便挪动家里的物什，她喜欢并需要这种杂乱中的秩序。"

手机的兴起应该是在20世纪90年代中期，一般人拥有手机应该是本世纪初。

然而，让人无法想象的是，直到 2015 年，周玉明依然没有用上手机，我们到北京想联系他，只能用座机联系，原因很简单，王珺认为，男人用手机存在勾引女性的风险，所以，这种普通人的通讯工具与周玉明无缘。在当今社会，一个没有手机的人无疑是一个被边缘化了的人。

从 2002 年到 2011 年间，因工作的需要，我每年都有几次去北京的机会。而每次约周玉明出来都只能用座机电话，我完全不能理解他这种有悖常理的状态，也曾委婉地问过这些事。他也感到非常压抑，且毫不隐讳地对我说，王珺曾经被一个男人伤过，导致她心理扭曲而产生变态。心理医生告诉周玉明，她的这种状态是无法改变的。

一个家庭的秩序一旦建立，要颠覆比登天还难。周玉明曾多次产生过离婚的念头，之所以迟迟无法做出决断是因为自己曾经离过一次婚，无论是自己本人还是家里父母都不想迈出这一步。况且，家里还有一个聪明伶俐的女儿，他不想让女儿受到伤害。在这多重因素的绑架之下，周玉明便只好勉强维持这种生活到如今。

周玉明的人生有一个光鲜的起点，却是一个暗淡的收尾。也许有人会说他的故事很奇葩，属于特殊的个案，其实在现实生活中，这种故事实在太多，只是我们没有留心观察，系统总结而已。我们姑且将这类人生的坎坷归纳为"红颜劫"吧。

二

恢复高考第一年能考入重点大学的一定是同辈中的佼佼者。我的一位高中同学名叫江天阳，恢复高考第一年他便被某化工学院录取，那年他 23 岁，录取前，他在所在村任党支部书记。同学们都认为江天阳的前途不可限量，他还有基层从政的经验，将来在仕途上一定会有斩获。

毕业后江天阳被分配到上海，在一家化工中专学校当教师。这是一所组建时间不长的学校，师资十分匮乏。作为全校唯一一名入职的本科大学生，他被全校师生看好，美好的前途仿佛正在向他招手。

然而，正是他头顶上炫目的光环引起了他所在学校校长的忌惮。这位校长本来就是这所学校毕业留校成长起来的，他总认为，自己作为一名中专生，这种先天不足的劣势是显而易见的，他非常担心江天阳的成长会动摇他的地位，因此时时刻刻用十分极端的手段来打压他。不允许江天阳沾边学校的管理工作，不给江天阳任何参与社会活动的机会，评先升职更没有江天阳的份。

一晃十年过去了，他付出了无数的努力却依然无法改变被打压的现实。江天阳找到过去的老师，准备换一个工作环境，老师听到他不堪的境遇非常同情，马上为他联系好新的单位，商调函也很快就发到了他所在的学校。新单位对江天阳十分认可，急着要人，告知他，已经为他准备好了办公桌椅。但学校这边就是不放人，卑躬屈膝去求了没戏，义正词严去理论了无果，撕破脸皮去吵了没门。吵到激烈处，校长狰狞地说："除非我不做这个校长，只要我在职一天，你哪里都走不了，我就是要让你在这里生不如死！"

虽万念俱灰，但江天阳依然不认命，他决定不再和这位心胸狭窄的校长纠缠。他调整了自己努力的方向，决定利用所学的专业，开发产品，实现经济上的突破。

他发现当年我国用于玻璃和金属等物器上的彩色油墨全部靠从日本进口，而且价格异常昂贵，于是他决意开发这一产品，替代进口。

没有雄厚的经济实力作支撑，只是一个人单打独斗，还要兼顾工作，他只能下了班再研究。可以想象，他的早期研发工作是异常艰辛的，江天阳几乎是整夜整夜地泡在校外租的那间小房子里，经过一年多的时间，数千次的小试、中试、大试，产品总算是研发成功了，他的努力得到了回报。

带上成熟的产品，他试着到一些有需求的企业推销，他的销售策略十分简单，除了将产品价格定位在进口产品的50%外，还允许厂家试用一个半月。因为产品质量过硬，加上价格优惠，他很快打开了市场。随着市场需求的增加，只能利用业余时间生产的他压力巨大，力不从心。

在这关头，他老家出了件事。他在家乡读初三的侄儿江浩与同学打架斗殴，用刀将一名同学捅伤了，被开除了学籍。江天阳得此消息后，日夜兼程从上海赶回来。见已成无业游民的江浩，加上他上海的工厂正好缺人手，江天阳动了恻隐之心，索性将侄儿江浩带到了上海。

他开始教侄儿从哪里采购哪些原材料，并将产品配方和盘托出告诉侄儿，这江浩虽然顽劣，却还算聪明，很快就能独立生产出合格的产品了。接着，江天阳又带着侄儿去见客户，将销售渠道也尽数交给了侄儿。侄儿迅速进入角色，工厂生产、销售进入正常运行轨道，江天阳再也无须事必躬亲、疲惫不堪地在工厂干活了。他每个星期只需到厂里看看，给侄儿提些指导性意见即可，收入也十分可观。江天阳满以为从此可以做到工作、挣钱、拯救侄儿几不误，就这样干下去财富会很快积累起来，他的人生总算有了新的寄托。

有一天，他到工厂去查看，侄儿突然对他说："您就这么相信我，一点儿都不提防我吗？"他十分诧异地看着侄儿，答道："你是谁？你可是我的亲侄啊，我怎么会提防你呢？"

事实证明，江天阳的判断错了，就在他们对话后的一个星期，江天阳再度去工厂查看时，那里已是空无一物。侄儿搬走工厂的生产设备和库存的原材料，另立门户，自己当老板去了。

面对这一现实，江天阳能做什么呢？将侄儿诉诸法律，他于心

故乡有棵木子树

不忍;劝侄儿回头,侄儿根本不理睬他。百般无奈的他只好从头再来。他重新购置了设备,再度开始了生产。同类的产品,同样的市场,两个厂家自然成了竞争关系,开始侄儿采取降低产品价格来与他争夺市场,价格压到利润空间所剩无几。江天阳只好另辟蹊径,对产品的配方进行改进,因为改进后的产品明显优于老产品,江天阳总算稳住了市场及价格。

然而这一举措迎来了侄儿的强烈反弹,有一天,趁江天阳不在,侄儿破窗而入,将他的厂子给砸了。看着车间里的一片狼藉,江天阳心如刀绞……

记得那是2008年春,正是他遭遇侄儿背叛的时候,我到上海办事顺便去看他。面前不到五十的他已是满头银发,脸上更是布满了愁苦的皱纹。生活的磨难不仅使他未老先衰,而且意志已经被彻底击垮,他总在说,这些只在小说和影视剧中才可能出现的狗血剧情为什么会发生在我的身上?话语中满是祥林嫂般对自身命运多舛的叹息和对奇葩际遇喋喋不休的絮叨。像江天阳这样际遇的也不乏其人,我想这类遭遇可以归结为"小人劫"吧。

三

在我看来,第一年恢复高考能考入大学的应该是那个年代的精英,因为那年参加高考的考生由累积了十年的学生组成,且高考录取率仅4%,为中国高考历史上录取比例最低的一届。肖安那年被某师范学院中文系录取。肖安长得高大魁梧,英俊潇洒,玉树临风,还写得一手好文章,是班上公认的才子。这些先天条件为他的良性发展铺平了道路。

他同村的一位老乡在汉州县任县长,大学毕业后,他做出了回到汉州县的选择。县长非常看好肖安,有了贵人相助,肖安自然如鱼得水，一回到汉州县便到了县政府办公室，从事文字工作。春风得意的肖安工作刚满一年，便升任调研科副科长，毋庸置疑，他一下子就把同学们甩到身后了。

肖安不属于那种谨言慎行、恪守成规的人，他生性洒脱，属行侠仗义之辈。踏入社会后他交了许多朋友，只是这些朋友良莠混杂，参差不齐。肖安很乐意和他们凑在一起饮酒作乐，还不时在麻将桌上消磨时光。20世纪80年代打麻将的人是很少的，而他每逢周末只要不加班，就去通宵达旦地搓麻将。

1987年春节刚过，仍沉浸在节日氛围中的我正在街上闲逛的时候，突然看到一群人，走在最前面正中间的是一位个子很高的年轻人，他头顶着一张桌子，旁边还有三个人每人抱着一个凳子，个个脸上写着愧悔。围观的人越看越多，我也好奇地凑过去看看，哎呀，那顶着桌子的不正是肖安吗？为了保护同学的自尊，我刻意回避，逃跑似的离开了围观的人群。

在当时，这可算是汉州县城的一个爆炸性新闻，原来肖安和几个朋友在一起打麻将，因金额过大被城区街道办民兵联防队逮个正着，责令这些人游街示众，并处以高额罚款。

这一事件仅仅是肖安命运逆转的开端。当年看好他的县长正好到中央党校脱产学习去了，肖安被组织毫不留情地从机关调离到教育部门。教育部门视其如洪水猛兽，又将他分配到一个村办小学任教，顷刻间，他的人生从不可限量的高峰跌到暗无天日的谷底。

因为他的才华，后来陆续有几个单位将他借调过去写材料，但终因不能转正，一段时间又被折回去。几经折腾，他已是遍体鳞伤、万念俱灰。那场麻将仿佛在他的身上深深地烙下了一道无法抹去的耻辱印记，像魔鬼一般缠着他，狰狞地撕咬着他，让他无法翻身。他无奈地从体制内出走，开始自谋职业去了。

还是受到他那些三教九流的朋友们的蛊惑,他下海后先是开了一个洗浴中心,接着又陆续经营过一些声色场所。从此,他彻底离开主流社会,开始了一种别样人生。

他开始为所欲为,过起了声色犬马的日子。他毫不顾及家人和他人的感受,经常带着不同的年轻女伴出入宴会厅、歌舞厅。他沉溺于赌博,流连于各类赌博场所。在风月场上,同类对他俯首称臣,尊他为风流才子;赌场上,其他人对他钦佩不已,尊他为潇洒大哥、赌坛豪杰。

我想这难道是他所要的生活吗? 这一定不是他的本意。当一个人初始的理想彻底破灭之后,有人会从跌倒处爬起来,舔干身上的斑斑血迹,重整旗鼓,再塑自己的人生;而有人是选择逃避或者是以一种扭曲的方式背叛过去。无疑,肖安选择了后者,他开始用这种极端的方式来麻醉自己,试图以这种极端享乐的生活方式中让自己的灵魂得以解脱。

他的所作所为无法使他解脱,众叛亲离是他面临的第一个现实。结发之妻与他形如路人,儿子对他十分失望与怨恨,过去的朋友开始疏远他,债务危机也纷至沓来。赌博永远没有赢家,为了填补赌债,他开始从赌场拿高利贷,由于债务额度越来越大,高利贷停止向他放款,于是他把手伸向了亲朋好友。早期他不需要什么理由就能轻易拿到借款,随着信誉的降低,其他人不再愿意借钱给他。于是他一方面编出各种理由,一方面扩大借款对象,最后终于有一天,他竟消失得无影无踪,直到今天,也没有人知道他的下落。

肖安曾经是时代的宠儿,用青年才俊来形容他也不算溢美之词,然而他后期的所作所为与他人生的起步背道而驰。可能更多的人认为他的沉沦是玩物丧志、咎由自取。是的,不能否认,他的堕落与自我毁灭与他对生活的态度和自暴自弃的做法有着直接的关系，然而，我们是否可以换一种思维方式来思考肖安人生的失败呢？他的人生转折是那场该死的麻将，难道一场麻将就值得那么兴师动众地游街示众，调离机关，而且还得像霍桑小说《红字》中的女主角白兰那样，非要在肖安身上也烙印一个标记，让他背着这个象征着耻辱与邪恶的沉重的十字架，去艰难地跋涉？

试想如果那场麻将发生在今天，绝对不会出现那么严重的后果。社会管理在向人性化方向演化，一个健康运行的社会应该对人给予更多的理解与包容，这是社会进步的表现。

肖安的悲剧也绝非个案，应该叫时运不济，就把这归为"时运劫"吧。

四

1987年秋，我接到一封盛情的感谢信，我初中教过的一名学生考入某大学历史系，家里特地来信感谢我。这位学生叫陈天放，家在城郊农村。

我的印象中，陈天放成绩在班上属拔尖的，是一个品学兼优的学生。但他性格内敛，甚至显得有些木讷。

陈天放的录取在他的村子里可谓引发了轰动效应。他是那个村里有史以来考出的第一个大学生，也是家里祖祖辈辈迄今为止唯一一个大学生。村里为表庆祝，集体出资在村头放了三场电影，家里更是奔走相告，大宴宾客。临上大学前的那段日子，陈天放一家着实风光了一阵，村里及家人们无不为之骄傲，并对他的未来寄托着莫大的期许。

四年很快就过去了，陈天放如愿读完大学，被分配到某农学院担任历史教师。陈天放从投入到新的岗位开始，就感受到了一种无法融入的痛苦。首先，他不知道如何与同事、领导、学生打交道,他总喜欢独处,在自己那封闭的世界里遨游。他甚至认为只有在浩瀚的书本里才能找到思想驰骋的空间。其次,在授课时,他感到他所讲的内容不受学生欢迎,他感到非常痛苦,每次讲完课,他便追悔莫及,他知道不应该这么讲,但又无法找到更好的表达方式。最后他把出现这种状况的原因归结于他的书读少了,于是,他果断地参加了研究生考试,当年就被某师大录取。

读完研究生,他又考上了母校的博士,拿到博士头衔时他已年过三十,那时国家不再包分配,但拥有名校高学历的他,很快就找到一份工作,某科技大学与他签了为期一年的试教合同。

这次他走上新的工作岗位应该算是有备而来。读博士期间,他主攻先秦史,在这一领域,他应该算是有所建树,他的研究成果在一些史学刊物上发表过,所以,他信心满满。但万万没有想到的是,他的课依然极度不受欢迎。不仅讲课被人诟病,大家称他是茶壶里装汤圆,有货倒不出。

他的为人处世也是一塌糊涂,他那木讷、不食人间烟火的清高和不善沟通的毛病随着时间的推移,表现得越来越严重。一年的时间一晃就到了,如此糟糕的表现自然拿不到续签的合同,陈天放就这样失业了。

从此,他踏上了求职应聘的艰涩旅途。在求职过程中,往往他的笔试都可以轻松通过,到了面试这个环节便毫无悬念地败下阵来。几年折腾下来,陈天放疲惫不堪,全然没有了当年意气风发的样子,陷入一种极度自卑的境地。他百思不得其解,自己拥有一个名副其实的博士身份,却在这个社会上找不到存在的价值。等于他在求知的道路上苦苦地跋涉了二十年,到头来却是一场空,没有一个家,没有一份赖以生存的工作,更没有一间哪怕是小到勉强可以蜗居栖息之地……

残酷的现实将陈天放逼回了那个曾经为他放电影来庆祝他

考上名牌大学的小村。他年迈的父母为了他的生计而奔波，他每天把自己关在那间窄小而昏暗的书房里，不停地敲打着那台伴随了他多年的电脑。父母亲毫不怀疑他的儿子是一名才华横溢的学者，对外面的人们说，我的儿子在写书呢。也许只有他的父母亲相信有一天陈天放的专著会横空出世，更多的人对这一说法或许只是付之一笑而已。

陈天放的迷失是十分可悲的，在他身上我们或许可以找到一些社会因素，但更多应该是他自身的原因。他的悲剧在于他始终无法融入这个社会。美国心理学家詹姆斯说过一句非常经典的名言：性格决定命运。不难看出，陈天放那种把自己关在象牙塔里，全身心地投身到故纸堆中，死读书，读死书，进而衍生出的那种孔乙己似的迂腐与自闭是他人生失败的根本所在。

人世间类似陈天放的故事也绝非偶发，性格即禀赋，我想这类人的遭遇可以归结为"禀赋劫"。

五

1979 年高考，大学和中专是一张试卷，考生大学分数不够，便可以退而让中专学校录取。王沆就是那年录取的中专。熟悉那段历史的人都知道，能考上中专的学生也是同龄人中的佼佼者。

王沆是名副其实的官二代，他的父母都在县里身居要职。王沆毕业后，理所当然地回到了汉州县。

有文凭，能写一手好文章，王沆一进入职场便如鱼得水，混得风生水起，他先是在县机关党委从事文秘工作，接着调到县委政研室担任调研科长。一路坦途的他自我感觉超好，仿佛这个世界都是为他而存在。

在办公室待了不到两年，他主动请缨投身经济战场，来到县经委担任办公室主任,党委委员。

年轻,来自大机关,尽管只是沾了领导班子的边,一把手依然对他委以重任。当年王沅的分工是机关财经企业技术改造,那时汉州县有十多家国企,只要是搞技改,都需要王沅审批,大宗技改设备采购也需王沅作为国有资产代表方全程参与。

20世纪90年代中期,汉州县一国有企业准备新上一条纺织印染设备,王沅和厂家负责人一道赴香港考察。那一次刚满三十的王沅可谓大开眼界,短短几天,他不仅住在皇宫般的豪华套间,还吃遍了人世间的山珍海味,最后一天,设备商还特意安排王沅去了一趟澳门葡京大酒店,并随手甩了两万块钱,让王沅去碰碰运气,结果他竟然赢了三万元。

王沅完全被震撼了,他手上提着沉甸甸的五万元,回味着在香港这些天的神仙般的日子,又想着在单位朝九晚五地上班,一个月下来不过区区二百多元,他的三观被彻底颠覆了。从此,他开始往返于澳门与汉州,沉迷于赌场与美色。初涉赌场的他有如神助,胜率极高,诚如古希腊悲剧作家欧底比德斯所云:"神欲使之灭亡,必先使之疯狂。"

他的好运为时不长,开始进入低谷期,几个回合下来,他手头的赌资已经所剩无几了。其实王沅如果能在这个时候金盆洗手,依然可以回到正常轨道,但他压根儿没有回头的打算。回到家后,他东挪西借,凑足了十万元,赴澳门又冲了一把,结果依然是铩羽而归,失去理智的他开始利用分管财经的便利,挪用公款又去了两趟澳门,近十万元的公款又打了水漂。他像一只在泥潭中挣扎的疯狗,越陷越深。

朋友们催着还款,加上扯下的公款大洞也需要及时填补,情急之下,他又找到了一个朋友,说是借用朋友的小轿车一天。那是一辆才买不到两年的桑塔纳,新车市值近20万,他把车开到武汉二手车市场，一转手15万元给卖了，他揣着这笔钱又来到了澳门。

初始他的手气很好，有了50万元的进账之后他曾经想过收手——有了这笔钱，他便可以彻底摆脱所欠下的债务，但这种想法只是在他脑海里闪了一下，既然手气这么顺，他立马为自己确定了新的目标：100万！赢到87万时，他热血沸腾，自信今天的目标一定能实现。然而从这个数字开始，风云突变，他一路狂泻，不到两个小时便成为分文皆无的穷光蛋了。赌红了眼的王沅使出了最后一招，他拿出身份证找赌场上放高利贷的机构，以他的信誉等级拿了可获取借款的最高限额5万元，再度进入赌场。

王沅看着那飞速旋转的轮盘，多么希望此刻他能时来运转，再创辉煌，然而幸运之神终究还是没有降临在他的头上，当他面前的最后两枚筹码被荷官用钱耙子勾走之后，他的眼前一黑，全身瘫软下来，双脚像踩着棉花似的，他下意识地要走出葡京酒店。没等走到门口，便被几名彪形大汉拦住了去路，其中有个人道："怎么不打声招呼就走？钱怎么办？"此时的王沅已是一具行尸走肉，他哪里还有钱来还这笔高利贷，他只想着此刻脚下能突然出现一道裂缝，他能迅速钻进缝隙里，永远不再出现了。但现实是，要债的人就在面前，他已无处可逃。他只能硬着头皮说："钱，我实在是已经没有了，就这条命，你们看着办！"对方不由分说，先是将他带到一个房间，然后将他装进一个麻袋里，封好口以后，又将他扔在一辆车的敞篷车厢中，七弯八拐地将他拖到海边的一个山坡上。他们把王沅拖进一间简陋的小木屋，脱光了他的衣服，将他反绑起来。有人说我看你全身没有值钱的东西，只有那对眼角膜看能不能抵债。在一旁有个年纪大一点的男子好像是为首的，拿眼睛反复审视了王沅后，对其他人说："这个家伙还年轻，弄死弄残了有点可惜，他总是不讲脸，就在他脸上刺上欠债还钱四个字，放他一条生路吧。"他们中有人带着刺青工具，很快就在王沅额头上

故乡有棵木子树

刻下了"欠债还钱"四个字,将他扔到海边公路上,扬长而去。

还是一个内地贩鱼的小伙子将他带回到东莞,几经辗转,他总算回到故土。一到家他便主动投案,把自己送进监狱。

王沅踏入社会时,真可谓天时地利人和齐聚一身。他本应有光辉灿烂的前程,却走上了一条自我毁灭的不归路,实在可悲可叹!其实,他在迷乱的人生中应该有回头的机会。可是,但凡一个人走到这一步是回不了头的。我们一定记得他在最后那场赌局中赢得50万时曾经闪现过收手的念头,不难推测,即便是那次他见好就收,你能相信他不重蹈覆辙,再现江湖吗?

人性中总是善与恶并存,有人会把善的一面发挥到极致,成为拥有崇高人格魅力的好人;也有人弃善从恶,以身试法,成为被人鄙视的人渣。以王沅的人生经历来看,从他那次被金钱诱惑之后,他就始终被一种邪恶的贪欲所驱使。所以,我把这类人的迷失叫作"邪欲劫"。

这世界仿佛是一个色彩斑斓的万花筒,美与丑、善与恶、真与伪并存,阳光与阴霾、鲜花与毒草、坦途与陷阱同在。在眼花缭乱的诱惑面前,人们很难独善其身,也很难逃避不期而至的种种劫乱,只是有的人能走出劫乱的泥沼,成为人生的赢家;而有的人却深陷其中无法自拔,被这浩如烟海的尘世无情地湮没。

而这世上能吸引人眼球的人生要么是那些一路高歌、不断创造人生辉煌的成功者,要么是一路跌跌撞撞,把本来是一副好牌的人生捣腾得一塌糊涂的落魄者。前者,是标杆,是楷模;后者是镜子,是警醒。

我今天给大家讲述的几个故事正是一面面镜子,通过他们人生失败的前因后果,折射出那些人被时代湮没的是非曲直,能让人们对社会的发展与人的成长产生一些深层次的思考,进而警醒大家审时度势、独善其身,成为人生赢家。

教育的真谛

教育问题是个特别关注的问题，尤其是一个人为父为母之时，看着孩子一天天长大，也就自然而然将孩子的教育摆在首要位置。

我膝下有一个独生女，她两岁多时开始到幼儿园读小班。

女儿特别乖巧温顺，许多孩子被送到幼儿园时哭着喊着不让父母离开，我的女儿笑盈盈的，像一只燕子似的飞到她的教室。每天下午，我骑一辆红旗牌自行车去接她，她总在铁栅栏门旁守候，看见我来了，她马上提起书包，礼貌地跟老师打个招呼，然后爬到我自行车的横杆上坐下来。我骑着车载着女儿往回走，在车上履行对她的承诺：每天讲一个故事。她总是听得津津有味。我们俩幸福满满地回到家。

当时我以为，只要我给她提供良好的教育环境，生活上无微不至地关怀，她一定能成人成才，但我一位同事教育子女的成功给了我更多的启示。

这位老师姓张，20 世纪 50 年代的中专生，一直教语文，教学能力突出。他一米七左右的个子，不胖不瘦。一副近视眼镜用绳子固定在头上，常年穿着洗得发白的外套。那时他已年近 50，微微谢顶，平时无论对学生还是同事，总是一副和颜悦色的样子，给人十分慈祥的感觉。

他养了四个儿女，两个儿子，两个女儿，这四个孩子个个出类拔萃。

大女儿张宁，1980 年考入武汉大学法学院学国际法，念完本科她又考入中国人民大学读硕士，师从王利民院长。1987 年硕士毕业后，她又考入日本国立大学攻读博士。学业完成后，她在上海独立创办了一家涉外律师事务所，成为国内知名的涉外律师。

老二是儿子，叫张勇，1982 年考入华南理工大学，工业模具专业，毕业后分配到中国塑料总公司武汉分公司。因为他出众的交际能力，公司安排他跑业务。做了不到两年，他辞职下海，自主创业，事业发展迅猛。20 世纪 90 年代中期企业改制潮中，他收购了武汉七家塑料厂，成为湖北塑料大佬，1997 年被评为武汉市十大杰出青年之一。

老三是女儿，叫张艳。当时她所就读的高中是省级重点中学，她长期是年级第一名，当然也是全市第一名。1986 年参加高考，她以 692 分的高分成为全市理科状元。填志愿时，她第一志愿是清华大学，第二志愿是清华大学，第三志愿也是清华大学。在是否服从调剂一栏内她填下了不服从。据说那一年，清华大学前来湖北招生时，见这位考生如此桀骜，便暂时将她的档案放在一边，恰好吉林工业大学招办的老师顺手将她的档案拿到手了。为了招到这么优秀的学生，吉林工业大学的招生老师特意从武汉赶赴仙桃，来到张老师家，恳求张老师说服女儿到吉林工业大学就读。女儿态度十分坚决，死活也不愿意。张老师一反和颜悦色的常态，板起脸对女儿说："儿啊，为了你们四个读书，我这饭桌上天天都是一碗腌菜、一盘泡萝卜，好不容易考上了你不去，又想让我们多吃一年泡萝卜？孩子，吉林工业大学也是中国顶尖的学府，只要努力，照样成才，再说你可以考清华的研究生嘛。"女儿的泪从眼中不住地流出来，她是不敢忤逆父亲的。

在吉林工业大学仅读了一年半，不到16岁的张艳向学校提出：她已修完所学专业的全部课程，希望能提前毕业。校方还从来没有过这样的先例，高度重视这个情况。校方组成一个专家组，出了几套题，三天的考试下来，她以均分87分顺利通过，震惊全校，当年《吉林日报》报道了这一事件的全过程，标题为《来自湖北江汉平原的女才子》。正好那年清华大学人工智能专业招研究生，张艳果断报名，又以总分第一的成绩圆了她的清华梦。

读完研究生，还不到20岁的她选择继续读博士，在诸多学校中，她选择了给予全额奖学金的多伦多大学。在读博期间她便受聘于加拿大一家研究院，现在加拿大定居，已是人工智能界的知名专家。

小儿子张立1988年参加高考，总分为593分，填报中国人民大学落选后，他按大姐的要求在大连外国语学院读了半年日语，然后参加日本高考，最终被东京理工大学录取，硕士毕业后在日本就职，现已定居日本。

四个孩子个个考入名牌大学，无疑与张老师的教育方法有关。但在我的观察下，他似乎并没有过多地过问孩子的学习，这使我感到很是诧异。有一天，我忍不住问他："你的小孩个个都这么出色，我又没看到你过多地管教自己的孩子，这里面究竟有什么绝招？"张老师递给我一个神秘的笑，问道："你是想向我取经？"我马上回答："当然，谁不想自己的孩子有出息。"我们是忘年至交，他见我如此诚恳，便毫不吝啬，将他的育儿经验说了出来。

他首先告诉我：任何一个孩子，总面临三个环境：一是社会环境;二是学校环境;三是家庭环境。在上述三个环境中,社会环境和学校环境初始大同小异,差别不大,而家庭环境千差万别。从这个意义上讲,决定孩子成长的环境中,家庭环境起主导作用。

那么,家庭教育孩子的主要方式归根结底落在两个字上,那就是:育性。打个比方,就是把孩子当作一棵树,从树苗时期就开始为它修枝剪叶,让它朝着笔直的方向健康地向上生长。说通俗一点,就是从小培养孩子的良好习惯。

张老师以他的经验认为:一个孩子良好习惯的形成,最关键的时间在幼儿园和上学四年级这个时段,如果一个小孩在这个时段习惯良好,那他的人生一般不会走岔路。

这一时段又要如何培养孩子的好习惯,培养哪些好习惯呢?张老师毫不保留地给了我如下指点:

培养孩子的进取心和荣誉感。做家长的都知道,孩子大多喜欢吃零食。对在幼儿园读书的儿女们,张老师定了一个铁的标准,要想吃到零食,就必须用每天的小红旗在周末换到一朵大红花,没有大红花,免开尊口,只有得到了大红花,要什么零食,可完全满足。

培养孩子的自觉性和自理能力。现在许多孩子吃饭时都是父母或者爷爷奶奶端着一个碗跟着孩子赶,好说歹说地哄上一通,才吃上一口,久而久之,孩子会因依赖而丧失自觉性与自己动手的能力。张老师的小孩从半岁就开始自己用勺子、用筷子,他的小孩从来都是自己吃饭。想家长喂,那是不可能的,张老师说,如果不依不饶非要家长喂着吃,那就让他饿,饿一两餐他就会自觉地自己用勺子吃了。

培养孩子的自主性与责任感。学校的老师每天都会给学生布置家庭作业,并且,给家长也下达了任务:让家长检查签字后再交给老师评定。对这件差事张老师给每个孩子都明确地说:"字我还是签一个,但我是不会检查你的题目的,如果你的题做错了,老师批评你,我也会处罚你!作业做得对与错是你的事,你必须对你的行为负责,其他人是没有义务为你负这个责任的。"

培养孩子的团结合作、与人相处的能力。张老师鼓励孩子把同学带到家里,一起做作业,一起玩游戏。张老师和妻子常常作为业余辅导员,辅导前来家里做作业的小朋友们。由于张老师一家人和蔼可亲,一般到他家来做作业的都有四五名孩子,有的孩子还是家长亲自带来的,他们和睦相处,其乐融融。

培养孩子正视失败、化解挫折的能力。张老师的几个孩子都是学霸级的学生。但世上没有常胜将军,马也有失蹄的时候。对于孩子偶尔的失败,张老师态度十分淡定,对孩子不处罚,不责怪,不埋怨,他只是提出两个要求:一是不要隐瞒,要如实地把失败的分数和试卷交给家长审阅;二是正视考试失败的程度,要求孩子口头或者书面陈述原因及整改的措施。每到此时,家长与孩子之间就像学生与学生之间的交流模式。家长放下架子,与孩子推心置腹地讨论交流,最后对整改措施形成一致的认识才算结束。

培养孩子的兴趣,拓展孩子的创造力。每个孩子都有各自的特点,也拥有不同的潜质。做家长的要善于观察,从细微中发现孩子的兴趣与潜质,然后加以培养,让孩子的兴趣成为他学习的动力,使其潜能得到最大程度的发挥。张老师发现大女儿张宁从小作文成绩突出,记忆力超群,对文学作品十分感兴趣,他就刻意引导她朝文科方向努力;小女儿张艳数学成绩突出,张老师则把她向理科方面引导。他告诉我:对于孩子的发展方向,做家长的只能是因势利导,绝不可为孩子擅自作主。

他向我传授了很多让孩子养成好习惯的方法。当时的我仿佛醍醐灌顶,豁然开朗。最让我感到欣慰的是我的小孩正处在他说的习惯养成的最佳时期,我如法炮制,将"育性"作为教育孩子的主要内容，以正面引导为主，从大处着眼，从细处着手，竭力培养孩子的良好习惯和正确的学习方法、正能量的思维方式。

我也得到了预想的收获。女儿在获得中国地质大学电子信息工程学士和华中科技大学英语学士双学位后，又过雅思考入澳大利亚悉尼大学，获得会计学硕士，也找到了理想的工作。

尽管也许只是一家之言，但我非常想分享出来，让更多人知道这个故事，并从这个故事中得到一些关于教育方法的启迪。

三舅

记忆中我的童年是在贫穷与困顿中度过的,那种困境可谓超越了现代人的想象。你有过一年到头,一日三餐都只能以南瓜为主食充饥的经历吗?你是否曾经没有一件属于自己的衣服,全身上下只能捡父兄淘汰的衣裤,甚至一直到高中毕业没有穿过袜子?你是否曾为了生计在童年和少年完全没有娱乐的空间,只要放学回家,就必须没完没了地编织芦席来挣钱补贴家用?

没有谁能拯救你,不仅因为家大口阔仅靠父亲的微薄收入支撑家用,常年都要面对入不敷出的贫困,而且我们家是从遥远的地方漂泊到此,在这陌生的栖息之地举目无亲。在这样的氛围里,我们格外期待亲人的呵护。

记忆中我的三舅就曾经给过我们温暖与关怀。他曾寄钱接济过我们,寄羊毛线给我们编织绒衣御寒,寄水果干让我们享受美味……在那苦难的岁月里,尽管一年只是为数不多的几次,三舅的信和包裹却是我们全家人梦一般的期盼,又恰似至暗的空间里一束耀眼的亮光。在我童年和少年的那些时光,三舅无疑是我心目中神一般的存在。

　　母亲时常讲起她家的往事，她的老籍是贵州毕节，早年她家是富甲一方的大户人家。因此我三个舅舅都接受过比较好的教育。大舅不到三十岁因病去世了，二舅去了台湾，只有三舅还在国内。三舅念过大学，在大学学的是地质，学成后一直在从事技术方面的工作，主要是勘探和开采金矿，担任着一个冶金地矿大队的工程师，由于拥有从业技能，属稀缺的人力资源，待遇一直不错。我的舅妈当时也在三舅的单位拥有一份正式的工作。

　　我们一直和三舅一家保持着联系，印象至深的是当我家装上电话后，每到春节，我们一大家人就围在电话机旁，大家轮换着拿起话筒，期待着与舅舅、舅妈和几位老表表达一份节日的问候。

　　早年的通信来往中，我们得知三舅家经济条件很好，日子过得还算滋润，内心最大的惆怅是膝下只有四个女儿，没有儿子。他们那一代人，重男轻女的观念还是比较顽固的。直到20世纪70年代中期，我高中毕业后下放到农村，收到三舅的一封来信，他欣喜地告诉我们，他们家添丁进口，生了个儿子！听到这个喜讯，我们全家人都为三舅的夙愿得偿高兴了一阵子。

　　第一次与三舅见面是在1990年，那年我的二舅从台湾回到大陆探亲，专程来到湖北看望我们一家，三舅陪着二舅一起来到我们家，我总算看到我心中思念无数次的亲人了，那年他已年近六十，个头约一米七的样子，精瘦，头发花白，也许是长期在野外作业日晒夜露的缘故，一张古铜色的脸上布满皱纹，但他浓眉下的一双眼睛炯炯有神，讲起话来思路清晰，表达流畅，举手投足也十分得体，完全就是我心目中想象过无数次的睿智之人。那时我们家兄弟姐妹都参加了工作，能自食其力，经济状况明显改善，我们十分热情地接待了二位舅舅。那年我已经在市委机关工作，三舅以他多年的从业经验给了我很多指点和鼓励，让我受益匪浅。

1996 年 10 月的一天，我接到三舅从云南打来的电话，他告知我，他和舅妈还有五子（三舅儿子的小名）想到湖北来看看，我立马表示十分欢迎他们的到来，并马上将这一消息告诉父母和兄弟姐妹，他们得知这个消息后十分高兴，大家都怀着无比期待的心情准备迎接他们的到来。

　　没过几天客人就到了，我专程去车站接三舅一行，寒暄之际，我发现三舅这次与上次判若两人，他显然衰老了很多，用老态龙钟来形容都不为过。眼下他的身材更加瘦弱，体态已经有些佝偻了，满头白发，而且双目游离黯淡，全然找不到当年的那一抹炯炯有神的灵光。同行来的舅妈身材也十分瘦弱，一张满是皱纹的脸上写着疲惫。年轻的五子个子不到一米七五，精瘦，一颗圆圆的大头被瘦弱的身躯支撑着，仿佛是一根豆芽似的支在那里。他面色蜡黄，一双大圆眼，眼神却是黯淡无光，精神萎靡，仿佛是刚大病一场还没有复原，全然没有一个血气方刚的年轻人身上应有的朝气。

　　我将客人带到本地一家高档餐厅，那天我带了两瓶五粮液酒，点了以当地特色为主的精致菜肴，同时把父母及兄弟姐妹也都找了过来，准备热热闹闹地为三舅一行接风。等到大家都入座，酒菜开始上了，我想营造的那种欢乐祥和的气氛总不能如愿，三舅、舅妈、五子滴酒不沾，而且好像都没有什么胃口。我不好意思地对客人说："是不是菜不合你们的胃口？要不你们自己点几道菜？"三舅连忙说道："不了不了，菜好得很，也合胃口，只是因为我们旅途劳顿，没有食欲。"那场精心准备的饭局只能草草收场，按照三舅的要求，客人先来到了我的家。

　　到家安顿下来后，三舅把我的父母亲和我叫到一个房间，告知了他们一行的真实意图：他的儿子即我的表弟五子因为吸毒在云南一家戒毒所戒毒，这次是刚从戒毒所出来想换个环境隔离一段时间，思来想去就到这里来了。这个消息简直如晴天霹雳一般，让我脑子一片空白，难怪他们到来时情绪是那么的低落，待我稍微缓过来一点儿，发现年迈的父母亲看着我，我马上回应道："没问题，没问题，待多长时间都可以。"几位长辈见我如此果断地应承，都长长地舒了一口气。

从房间出来，我看见表弟五子坐在客厅的沙发上抽着烟，仔细观察他抽烟的样子，的确有些异常，他先是狠劲地将烟吸上一口，然后用双手托着脸颊，憋住呼吸，依依不舍地让那吸进肺里的烟雾从鼻孔里缓缓地释放出来。看着他那瘦弱不堪的样子，一腔同情与怜悯油然而生，我突然感到有一种义不容辞的责任，无论如何都要帮助三舅将表弟拉出困境。

当时我的房子面积不是很宽裕，只得在附近一家宾馆开了两个房间，让他们晚上住宾馆，白天就到我们家里让我父母陪着，下班有空我就陪表弟坐坐，用心开导开导他。与表弟接触下来觉得他还是个很温顺的年轻人，当年只有十八岁，来之前已经是三舅单位上的一名货车司机。他告诉我，这已经不是他第一次戒毒了，前面还戒过两次，他对自己的行为非常后悔，并且说这次他是下了决心要痛改前非坚决戒掉毒瘾。见他有这种态度，我心里十分高兴，对他说："只要你有这个决心，我全力支持！你有什么要求，只要是能做到的我都会在所不辞！"

时间过得很快，一晃快一个月了，三舅心里开始不安和愧疚，担心长此下去不仅给我增添了麻烦，他自己的心理压力也越来越大，于是他开始提出要返回云南。我一方面竭力挽留以舒缓三舅的心理压力，并经过反复慎重考虑，提出了一个能彻底根除五子毒瘾的方案。在我与五子交谈的过程中，他告诉我之所以一次又一次戒毒失败，主要原因是他在云南所处的那个环境和所拥有的那个社交圈。对他来说，那是一张无法挣脱的网。我想既然如此，放五子回去岂不是羊入虎口，极有可能让他重蹈覆辙，步入不归路。因此我向三舅提出了就让五子留在这里的建议，我的想法是为他购置一辆货车，让他在这里跑运输，以后就在这里成家立业，这样岂不是可以让他和过去的环境彻底切割，再塑人生吗？

我的建议很快得到了大家的认可，那时要采购一辆东风或解放牌载重货车不是易事，我马上托人去打听，那边也很快回话可以帮忙弄到，我十分高兴地告知三舅，只要把钱筹齐，这件事就没有问题了。正当大功即将告成之时，舅妈突然告诉我五子有些犹豫不定了。我立即找到五子，劝说他不要举棋不定，要果断决定，并进一步陈述了留下来的理由。这次五子表现出的态度不再像早前那么温顺，他既不拿眼睛看你，也不回应你，好像没有听到你说什么，就是缄口不语。

我的态度十分坚决，去找三舅和舅妈，要他们发话强行将五子留下来。但三舅和舅妈显然拗不过五子，他们刚住满一个月就毅然决然地离开我家，返回了云南。

不出我所料，五子果然就是一只迷失了方向的飞鸟，一回到云南他便没头没脑地撞在了那张密不透风的网上。不到半个月的工夫，三舅来信了，他告诉我，五子已经走了，就在他回云南的第二天，那帮狐朋狗友把五子带出去说是耍耍就回来，结果他们给他注射了过量的海洛因，导致其猝死。三舅的信只是简单地告知了五子死去的消息，没有一句叹息，也没有表达一丝悲苦与哀伤。我理解三舅写信时的心情，他内心深处的酸楚与无奈是无法用语言来表达的。

本来我知道，五子这次执意要回去肯定是凶多吉少，他的离世在情理之中，但我还是陷入了深深的自责，我不断地责问自己，当时为什么态度不再坚决一点呢？或许我再坚持一下就可以拯救一个鲜活的生命。

更让人悲痛的是五子死后不到两个月，我又接到三舅去世的讯息,听到这个不幸的消息,我不由自主地流下伤心的眼泪。我的三舅一生善良、朴实,工作勤勤恳恳,为人有情有义,按照因果报应的说法,他应该长命百岁,善始善终。我想诘问苍天,像他这样的好人凭什么是这种结果?

三舅的死在我心中形成了一个结,让我久久难以释怀。我一直在想,不管你是否愿意,人的一生终将会与痛苦相伴,而这种痛苦是有层次的。

我的童年、少年曾与痛苦相随,那种痛苦是由贫穷造成的,它或许能摧毁一个人一个家庭,让一家人步入走投无路的绝境,但它同样也能激励一个人,让他们产生一种改变现状的觉悟和力量。所以,那种痛苦在一定程度上讲是孕育着希望的一种痛苦。

人间还有一些痛苦可以用时间来缓冲,用淡忘来疗伤。而三舅晚年丧子的那种痛苦我以为是人世间最为深刻且无法解脱的痛苦之一。古人云:哀莫大于死,想当年五子来到这个世界,对中年得子的三舅来说,这无疑是点亮了他生命的希望之火,由此导致他日后对爱子一味的娇惯与放纵,当一发而不可收拾的结局出现后,一切都为时晚矣,他倾心播下的希望之种却开出了一朵恶之花。所以,三舅的这种痛苦是多重的,他无法接受这种从希望到失望的巨大反差;他无法原谅自己恣意放纵,导致儿子人生扭曲走向堕落;他更无法面对老来丧子的悲惨结局。正是这些无法摆脱的痛苦让他的心彻底地冰凉,他的生命也就随之枯萎。

愿人世间少些痛苦,最好不要再现这销骨夺魂、无法解脱的痛苦!

风筝

有人说，六十岁是人生的第一次清零，且不说多数人将离开职场、官场、生意场，按自然规律，不管你是否愿意，死神也会开始慢慢地向你走近。

离开职场后，作为有闲的一族，老人们聚在一起时，家长里短中总会谈及自己的儿女。

在中国传统家庭的幸福标准中，儿孙满堂是一种很高的境界。高堂上坐，儿孙绕膝便是一幅家庭美满祥和的风景画。

然而，时代在变，人们的观念也在变，如今的父母有多少还保留着父母在，儿女不远游的观念呢？

在这个世界上，亲情是最能牵动人的一种感情，血缘这个神奇的纽带总能把亲人们紧紧地联系在一起。不同的父母，对儿女产生了不同的期待。有的刻意缩小儿女离家的半径，期待儿女们就在自己身边尽孝，其乐融融；有的父母则放任儿女展翅飞翔，天高任鸟飞，海阔凭鱼跃。

于是如今的老人分为两类，一类儿女就在身边，每逢周末或节假日，儿女们带着自己的孩子来到家里，由爷爷奶奶烧上一桌美味佳肴，在饭局中尽享天伦之乐；另一类老人的儿女则在外地打拼，或远在异国他乡，他们只能在每逢佳节倍思亲的愁绪中释放淡淡的思念。

究竟谁是幸福的呢？

其实两类有闲族的老人们各自都乐在其中。当他们在向我寻求答案时，我笑答道："其实是否快乐不在你们，重要的是孩子的感受！"

人生的意义在我看来，不过四个字：生存、延续。

生存，涵盖了人与天斗、与地斗、与人斗等，拓展自己的生存空间，实现自己的人生价值，生存的内涵也是丰富多彩的。

延续，即结婚生子。在我看来，这是人生不可推卸的责任。但这种生命的延续不应该是简单的重复，它应该是一种超越，是在父辈奋斗的基础上，追求更高的人生境界。优秀的子嗣应该是实现父辈曾经拥有过而没能实现的梦想；他应当站在父辈曾经想攀缘却没有达到的人生高度，续写父辈曾孜孜以求却无法达到的人生辉煌！

当一个孩子呱呱落地之后，他不仅是你的儿女，他更是地球村的一员，随着他一天天地长大，从某种意义上，他已不属于你，他应该拥有自己的天地。他是快乐的，是积极向上的，这才是做父母最应该期待的。正像有的年轻人义无反顾到边疆、贫困山区、基层施展自己的才华，实现自己的抱负，尽管这种选择可能会与父母的想法有很大的冲突，但那是孩子们觉得正确而快乐的选择，做父母的又能改变什么呢？

我膝下只有一个女儿，如今已是两个孩子的妈妈了，回忆起来，每当她在人生重要关头做出选择的时候，我的态度是：尊重她的意愿、选择、感受。

我的女儿从小学到高中，一直是学霸型的学生，但高考马失前蹄发挥失常，是选择复读还是去已录取的中国地质大学就读，我和她当时都是十分纠结的，她知道我对她的期望很高，这个结果有些不尽如人意。

那些天，她在复读与就读之间摇摆，最后她问我怎么办。我说："上名牌大学固然重要，但只要努力，在任何一所大学，都能实现自己的理想。我建议你放弃复读，这个意见仅供你参考，你的事你自己拿主意。"权衡再三，她选择了就读地大。

大学四年下来，又面临读研的选择，当时，她可以选择就读本校和武大研究生，也可以读国外研究生，究竟如何选择，我又把这个课题交给了她本人，她也是反复权衡，最后选择了出国，通过雅思考试，她顺利地拿到了澳大利亚悉尼大学的硕士录取通知书。

去澳洲才两个月，女儿告知我，她要边打工边学习。我立马告诉她安心学习，不必担心家里的经济承受能力。但女儿坚持要每周打两天工，她对我讲了三个理由：一是提高自己语言的交流能力。刚去澳洲，外语运用还不是十分熟练，女儿打工是在一家超市做营业员，一周两天，她是想在那里接触更多的人，在交流中达到提高语言能力的目的。第二个想法是融入这个对她来讲全新的社会。她说："想了解这个国家和社会，光在学校是远远不够的，必须走出学校，到社会上去参与，这样才能更广泛更深入地了解这个国家，才能更早地融入这个社会，学到更多在学校无法学到的知识。"第三，自然是可以减轻家里的经济负担。她告诉我每周打两次工即可解决生活和房租费用，这在当时对我们家来说也是一大笔钱。

听罢女儿阐述的三条理由，我心悦诚服，同时在内心深处告诫自己，女儿已经拥有自己的思想与见地，正在迈向成熟。

不到两年，女儿顺利毕业，学校专门向我与妻子发出了邀请，希望我们去参加女儿授硕士衔的仪式。我们因为工作太忙抽不出空,没有前往,女儿有点失望。不久她告诉我,她准备留在悉尼,边工作边通过积分考试获得澳洲国籍,我对女儿说,中国这些年发展不错,没有必要放弃中国国籍吧! 但女儿没有采纳我的意见,她态度非常坚决,并对我说:"也许我说别的您难以接受,打个比方,人就像一棵树一样,有的只适应在阳光明媚四季如春的南方生长,有的却可以在冰天雪地天寒地冻的北方生长,如果把南方生长的树移栽到北方,那棵树一定会凋零、枯萎、死亡。我觉得这里的环境更适应我的生活。"顺利加入澳洲国籍后,女儿最后选择了在澳洲定居,起初,我是有几分失望与抵触的,随着时间的流逝,我也逐步接受了女儿的选择。

如今,我的女儿生活得很幸福,她的人生轨迹让我悟出了一个道理:在一个孩子尚未成年的时候,你可以用力所能及的条件去呵护他,用正确的思维方式去引导他,用健康向上的行为去影响他。然而当他长大成人,拥有独立的人格之后,你千万不要强人所难地为他规划人生,你大可放手让他去拼,去搏,去读万卷书,走万里路,让他在广阔的视野中提高自己的认知,找到自己人生的坐标,自信并勇敢,坦然且从容地迎接人生的挑战!

更何况一个独立的人是属于这个世界的,谁也没有权利以种种堂而皇之的借口去干涉他的选择。

我们所处的这个时代越来越开明,人类相互之间也越来越包容。人与人其乐融融地相处在一起,是所有人都盼望且向往的。

至于老有所依的问题,如果我们还把照顾老人的责任一股脑地甩到儿女的身上,那岂不是一种倒退。

其实,社会不论怎样发展,亲情依然是温馨的。无论儿女们走到哪里,都像风筝一样,有一根思念的线总握在你手上。

每天我都会与女儿女婿在微信上交流,每逢我和她妈妈的生日或结婚纪念日,除了问候,还会有一份精美的礼物如期而至,让我们获得满满的欣喜。

今年三月，我的第二个外孙女出生，女儿希望我们去帮她照看一段时间。见到微信传来的小宝贝十分可爱的照片，我们心里都很急，恨不能长上翅膀飞过去，但因为我在行政部门工作，出国审批程序比较复杂，一时批不下来，就提出让夫人先过去，待审批下来我再过去，女儿说："妈妈一个人过来解决了我的问题，但爸爸没人照顾了，咋办？不急，我们这边先克服一点，待爸爸的手续办好再一起过来。"

听罢这番贴心的话，我的眼泪夺眶而出……

住房的往事

"安得广厦千万间,大庇天下寒士俱欢颜。"千百年来,住房问题一直是重大且让人们关注的话题。当人们在热议着住房问题的是是非非时,我不由得想起了关于我住房的一些往事。

我祖籍湖南汩罗,新中国成立前父亲是一名开军车的司机,母亲随父亲常年四处奔波,因而居无定所,从来就没有过属于自己的房子。

后来我们举家漂泊到湖北仙桃的一个小镇,一家七口仅靠父亲50多元的工资维持生计,那时根本不敢想去建造一所住房。

在我童年和青少年时期,总在不断地搬家。记忆中最让人难忘的是童年的第一处住所,那是一所远离镇区的破瓦房,原来是护林员居住的地方。面积大约20平方米,低矮,周围没有邻里,孤独地立在一片荒冢之中,典型的"万木萧瑟鬼唱歌"的环境,令人感到恐惧万分。当时我们最怕的还不是荒冢,而是下雨,因为屋里四处都漏水,每到冬天,四壁透风,仿佛置身天寒地冻的野外。

住的时间最长的一处住所是离镇中学很近的房子,由两间机库(停拖拉机的仓库)构成,两间也就 20 平方米,却要容纳一家五口人。让我印象最深的是那房屋的地面凹凸不平,要把饭桌放平必须得用东西垫在桌脚下面才行。

父母亲最后居住的房子是我大学毕业分配到县城后为他们在城区找的一间约 50 平方米的平房,在市区边缘一家做家具的企业后面,上厕所须穿过一百多米的小巷。他们就在这条件十分简陋的屋子里度过了他们简朴的晚年。

父母终生没有过属于他们自己的房子,也没有住过功能相对完善的单元式住宅,更不用说别墅豪宅,但在我的印象中,他们不曾为此有过任何抱怨。

我的住房之旅是从大学毕业分配到单位开始的,同样也是一段艰辛的旅程。

1981 年元月,大学毕业后的我被分配到县城的一所中学,所住的第一间房近 20 平方米,与另一个老师合住。房子十分粗糙,凹凸不平的泥地,屋顶没有天花板,直接见瓦,住房之间的隔墙只砌到屋檩处,隔壁邻里是互联互通的。

我们住了两年后都要结婚了,于是找到学校领导,领导一脸的无奈,说是研究研究,最终找到了一个解决方案:我们住房靠西边隔壁的一间房住着两位老师,其中有位老师也要结婚,另外一位年纪较大的老师好像是与老婆分居的原因所以才与那位老师合住。学校就出面做工作要那位年纪大的老师搬回家去,将那两间房改建成三间房,就这样解决了我们三个人的结婚用房问题。

为了把这第一间完全属于自己生活空间的屋子经营好,当时还真花了一番功夫。我的一群热心的学生从一家工厂拖了几车炭灰渣,还弄了一点石灰渣,细心地平整了地面,又找一位熟人弄了些空瓦楞纸箱,将屋檩以上的空间给补好,再用白纸糊上,还将室内所有的墙面刷了一遍石灰。

虽说只有十来个平方的小天地，我却是精心布置，十分珍惜！尽管打开门房间一览无余，也没有厕所厨房等分区功能，隔音也不尽如人意，但我们毕竟有了属于自己的小空间。

在这所中学工作两年后，我成为教学骨干，也因此搬进了学校特意为教学骨干兴建的住房，面积18平方米。可喜的是房间之间的隔墙是封了顶的，还是水泥地面，最叫人惬意的是房子前面搭建了一间足有两平方米的厨房。于我而言，当时的那种满足感是无法用语言来形容的。

1985年，我因工作调动到市委党校，住上了我的第三套房子。也是平房，面积不过24平方米，但却有两间房，正好能让我的女儿有一个属于自己的房间。1988年，我又调入市委办，到1991年才搬到市委大院宿舍，依然是平房，也是两间，但面积更大了，加上房前顺势而建的小厨房，足有30多个平方。不过当时我反而不太满足了，十分渴望有一套功能完善的单元房。

1994年，我的单元房梦想终于实现了。行管局号召集资建单元房，当时我的积蓄虽还不够，但我义无反顾，东挪西借了几天就上交了集资款。一年后，我如愿以偿地住上了梦寐以求的单元房，足足76平方米，而那一年，我正好三十有六。住进的那一刻，我幸福无比，直感到我在住房上实现了对父辈的超越，我深信，父亲的在天之灵也在为我高兴！

我女儿的住房经历比我单纯。她从澳洲留学回来后在一家银行工作，收入足以支撑她一开始就拥有自己的空间。她在她单位附近购入了一间60平方米的单元房。结婚后，在市中心福田区又按揭购了一套140平方米的三室两厅两卫的单元房。应该说，她在住房上远远超越了她的父辈和祖辈。

住房也许是一个永远让人剪不断理还乱的话题。我所叙述的住房的往事也许有些拉杂，但它绝不是属于我个人的往事，我们的父辈,我们这一代人,我们的下辈都可以在这些往事里看到自己的影子! 历史是一面镜子,看到历史,也许我们会明白过去的一切并不是传说中的那么美好,今天的一切也并非是人们所描述的那么不堪,苦难都是暂时的,而幸福的日子终会到来。

故乡有棵木子树

感悟生命

　　我家门前过去是一条排污河,经过政府改造后成了一条景观河。河床用水泥护砌,亲水平台有汉白玉护栏,河岸两边桃红柳绿,四季欣欣向荣,成为本市一道亮丽的风景。沿河由人工打造的碎石小径和亲水平台是市民散步健身的好去处。

　　我是痴迷于此的散步者,每天早晚各走一个小时,已经坚持十多年。在这日复一日的行走中,我目睹着一幕幕生活的图景,感悟生命的张力。

　　我第一次踏上这条小径就曾偶遇了一位少女,她身着一件红绿黄蓝相间的连衣裙,像只彩蝶在这绿树成荫的小径中翩翩飞舞,洋溢着青春的活力。我每天都与她迎面擦肩而过,时间长了她老远就冲我甜甜一笑,令人心醉。

　　渐渐地我发现,每天她的身前或身后总跟着一位老人,也许是她的母亲,也许是她的奶奶,总不离左右地呵护着她。不久,我发现这竟是个聋哑少女。时间在慢慢地流逝,若干年后,少女依然每天在这小径上穿行,她的穿戴已不再那么灿烂,但她的步履依然轻盈,笑容依然温柔,面对这个无声的世界,她以坚实的步履昭示着她对生命的执着与热爱。

我还见到过一对老夫妇,丈夫是位残疾人,只有一条腿,靠拐杖行走,妻子已中风,拖着偏瘫的身子。丈夫为了让妻子能在林中行走,特意做了一辆小推车。每天早上我都看见丈夫一手拄着拐杖,一手推着那特制的车,带着妻子,在林间小径上一瘸一拐地前行。虽然他们的步履是那么蹒跚,那么艰辛,但他们依然行走得那么坚定!他们哪里是在行走,那是在高奏着一首生命的和弦,旋律中充满对生命的渴求!

我还遇到过一位同我一样坚持散步的老人,每天义无反顾地出现在我的视野中。他之所以能引起我的注意,是因为他看上去有点特别。他不仅仅因为怕阳光总戴着一顶礼帽,最为有趣的是他腰间佩戴的东西十分复杂:因为怕下雨腰上总别着一把伞;因为要听广播,他又把一台收音机斜挂在腰间,把那收音机的天线拉过头顶;又可能是因为他对每天天气的冷暖无法把握,腰间总系着一件衣服。还可能是怕口渴,他斜挎的一个小背包里总装着一瓶水。

我不觉得滑稽,反而觉得他对生活有着万全的准备,有一种认真生活的态度。

在这条充满活力的路上,不仅仅有人的生命在张扬,我还感受到植物生命的怒放,尤其是每每春夏交替,剪草机毕毕剥剥地咆哮,那些被剪断的生命在大地上痛苦地翻滚,并散发出一股浓烈又苦涩的味道,那是生命的汁液化作的味道,它倾诉着失去生命的痛苦,呼唤着生命的复苏!

行走中的我在不停思索,大千世界里,也许有很多东西都非常重要,但无论什么也比不过生命的崇高与伟大。

一棵小草要见到阳光并茁壮成长,必须用它那幼小而稚嫩的草尖顶破坚硬厚实的泥土，没有超乎寻常的韧劲与力量，它是无法破土而出获得生命的！

一个襁褓中的婴儿，要想降临到这个世界，必须临盆而出，每个母亲在生命临盆时的阵痛是超出想象的，没有母亲那百折不挠、坚强不屈的忍耐，就没有人类的延续。

任何一个生命，从他诞生那天起，就将与疾病、灾难、痛苦、死亡相伴。

生命来之不易，值得所有人珍惜。我想，如果有一天，我们在思考世界生存与发展时，摒弃一切以利益为先的理念，把珍视、呵护、热爱、张扬生命放在首位，那么这个世界一定会更加美好！

不管世间漫漫长河里有多少激流、险滩、冰川、暗礁，生命依然会像这河流一样充满激情地流淌，也会像这河水一样生生不息源远流长！

我们游泳去

——土豆地瓜鼓泅群的故事

一

湖北省仙桃市城关北拥有长江最大的支流——汉水。河水常年300多米宽,四季水质清澈明丽,水流不缓不急,是户外游泳的绝佳场所,这是老天爷对仙桃游泳爱好者的恩赐。然而,能享受汉江这个独特恩赐的人并不是很多。

所幸的是有一天我成了汉江泳者。那是2014年,我已经56岁,再过几年就退休了。当时才一米六五的我体重达84公斤,体重严重超标,身材十分不堪,人们见到我总戏称我的身材为"罐头瓶子型"。为了改变这身材,我加强了体育锻炼,每天都坚持走10000步,但基本没有效果。

听说游泳减肥的效果很好,我也看到几位游泳的朋友身材发生了明显变化,便咬咬牙,于2014年5月25日开启了我的游泳生涯。

头一个月下来,我的体重明显下降,这极大地增强了我游泳的信心,我暗下决心:不管遇到再大的困难,我都将持之以恒地游下去。

户外游泳是有一定风险的,为确保安全,必须结伴而行。如遇突发情况,大家可以相互帮衬。这附近原有一个游泳协会,入会人员达三百多人。这么庞大的一个群体如果没有严密的规则,是完全不可能组成一支统一的队伍,按同一个号令去游泳的。而这三百多人经过交流、沟通、磨合后又组建成一个又一个小的群体,每个群体各自取名,诸如"永乐队""鲨鱼队""快活林队"等等,不一而足。这一支支小队伍建起一个个微信群,每个群基本上由群主确定每天下水的时间,同时组织一些活动,尽管不一定来自同一个单位、社区,但各群都能统一听从指挥,服从调度,形成整体。

我经过半年的游泳,逐步与一些游泳爱好者组成了一个小群,约20人左右,群内年龄相差大约20岁,以男士为主,这里面的第一任队长被泳友取绰号为"土豆",微信群主取名绰号为"地瓜",于是这个群就被冠以"土豆地瓜鼓泅(仙桃方言,意为游泳)群"。

二

游泳是一项艰苦的运动,真正参与了这项运动的人,都可谓是吃得苦、受得罪、扛得起、把得住的人。

说到苦,真正的泳者,一年360天基本不间断地在汉江上游渡。要经历炎炎烈日的炙烤,还要经受天寒地冻的煎熬。记得最冷时,汉江水温仅2.8℃,上岸淋浴,水冻成的冰柱与淋浴头连接成了一条线。在这种恶劣气候条件下旷日持久的坚持是一般人难以做到的。

再说累。真正的泳者,既不是蜻蜓点水似的在汉江里泡上三五分钟就匆匆上岸(我们俗称作秀班子),也不是下水后,漂个十分钟就上岸(我们俗称漂班子)。而是一下水便铆足了劲或逆江而上一千米,又或是将汉江横渡它一两趟再上岸,一般要耗近半个小时左右,一趟游下来,上岸时都是气喘吁吁,大热天便是大汗淋漓,深冬上岸后全身通红,却无惧寒意。

土豆地瓜鼓泗群的一班人就是不怕苦,不怕累,敢于挑战大自然的一班人。

他们有严明的纪律,只要队长确定上午什么时间下水,群里人都是自觉遵守,仅仅只是一个口头约定,不讲任何条件,很少有人迟到和缺席。

他们有钢铁般的意志,只要确定好游泳的路线,他们会自觉地按既定的游泳路线完成旅程,再苦再累也没有人中途退缩。

在游泳协会中,有些游泳群全群缺席,还有的群靠孤家寡人在苦苦支撑,尤其冬天,当进入到每年12月份,大多数群都"树倒猢狲散"。但土豆地瓜鼓泗群依然傲视严冬,是游泳协会中人员最为庞大,斗志最为旺盛,坚持最为彻底的一支队伍。

土豆地瓜鼓泗群有争先创优的豪气,建立近八年,经历无数个风霜雨雪,才有了他们的今天。这支队伍都是在2014年以后开始游泳的,初始水平参差不齐,在游泳协会的各群中,游泳技术和速度都可谓下游水平,但他们不甘落后,不断历练。在平时的游泳中,跃跃欲试,泳友之间暗中使劲,一比高下。几年下来,这个群的游泳技术和速度让游泳协会全体泳友刮目相看。目前,整个群的游泳水平已步入各群中的上游,F先生、L女士不仅在市里各类比赛稳坐头把交椅,在市外比赛也能为市里增光添彩。

八年下来,据不完全统计,群里的泳者每人都游了2000公里以上,身体都游得棒棒的,本人现在的体重已降到70公斤左右。

如今, 土豆地瓜鼓泗群无疑成为仙桃市游泳协会的一面旗帜,一支被协会全体泳友仰慕的标杆。

三

游泳是一项快乐的运动,凡是能全身心投入到这项运动中的人,往往都是达观上进、热爱生命、酷爱大自然的人。这一点在土豆地瓜鼓泅群里得到了充分的体现。

当汉江早早地被群里的人征服以后,群里的泳友们把目光和视野拓展到了其他的水域。

他们要征服长江,除了参与七一集体横渡还自发组织横渡长江。群里的人没有一个不能横渡长江的,我已七次横渡长江,群里还有几位比我横渡的次数更多。

横渡长江现在远远不能满足群里的泳友们征服大自然的雄心壮志了,最有代表性的是群里的 F 先生,他凭着超人的耐力和高超的技艺,代表我们群,也代表仙桃市,成功横渡了琼州海峡,被全市传为佳话。

活泼开朗、达观进取的群友几乎每年还组织一到两次市外省外的游泳活动。

征服完了长江,便去征服黄河,听说河南每年有组织横渡黄河的活动, 群里便组队驱车前往河南三门峡市参加横渡母亲河——黄河的活动。横渡黄河全程仅 1400 米,参与者轻松地征服了黄河,大家还前往开封、洛阳等地,顺道领略了河南古朴而秀丽的风光。

征服了琼州海峡、长江、黄河,大家又把目光投向了大湖泊、大水库、大江河。大家一起组织游松滋市的洈水,荆门市的漳河,咸宁市的青山绿水,湖南张家界的澧水,宜昌的清江……

最让人回味无穷的是清江之旅。那年我们第一次去清江,便对这个地方产生了难忘的记忆。

清江最令人垂青的是它的水，汉江的水与清江一比，完全是两码事。这里的水真可谓清澈见底，清江幽深，在两岸青山的映衬下，那是一脉醉人的绿。即使游到清江江心，依然可以清晰地看到底部的河床。

这里的水域完全能满足不同泳者的需求。上游是水库，所以清江是静水，且基本没有船只航行，你若想少游一点距离，清江两岸水面共四百米，游一个来回八百米即可；想游时间长一点，可以游两个来回；如果还想游长距离，你从下水之后无论是往东，还是往西，游三五公里也不妨事。

清江边有几处民宿依山而建，从民宿出来下水游泳只需下十多个石台阶即可，十分方便。那里有 100 元左右即可入住的标准间，有开放餐厅，还有美味的清江水煮鱼，可以一边就餐，一边欣赏清江风景。

记得群里的泳友们第一次到达清江边已是下午五点，大家兴致极高，放下行李便换了泳裤，带上"跟屁虫"（户外游泳漂浮袋），全员"扑通"下水，尽兴地游了大半个小时。稍作休整便进入了餐厅，大家吃着水煮清江鱼，喝着自带的粮食土酒，其乐融融。

不觉间夜幕将至，趁着酣畅的酒兴，老板稍作整理，便将餐厅变成了一个卡拉 OK 厅。为了营造气氛，几个泳友还点起了篝火，篝火在轻拂的江风中摇曳，与清江水交相辉映，音乐响了起来，泳友中有几位出色的歌者开始引吭高歌，泳友们全然放松地随着音乐的节拍扭动着腰肢，跳起舞来……

四

游泳是一项充满友爱的运动。土豆地瓜鼓泗群一共约 20 人，论年龄,最大已60多岁,最小的才35岁,论职业,有公务员、教师、事业单位工作者、个体从业者、理发师、烹饪师。这些八竿子也搭不到一起的人,也许是因为志趣、爱好相投,也许是因为前生修来的缘分走到一起,成为一个其乐融融、紧密相连的群体。

一个人的一生中,往往要经历很多事,接触很多人,交很多心心相印的朋友。时过境迁,你过去的一些朋友因为种种原因或许见面少了,而这个群里的泳友就不同,如无特殊原因,每天都能见面,想不亲热都难。

泳友们选择下水的地点往往在汉江上游。水流急的时候,大家要走一公里左右才下水。无论是寒风凛冽,还是烈日炎炎,每天上午汉江大堤上就会出现这么一道风景:十多名穿着泳装,背着"跟屁虫"的男女边走边聊,谈笑风生。这种游泳前畅所欲言的交流已成为游泳活动不可分割的一部分。

游泳上岸洗完澡,是吃早点的时刻,群里的泳友们已约定俗成一起共进早餐。今天吃炒饭,明天吃牛肉面、牛骨头,后天吃豆皮,再去吃鳝鱼粉。大家几乎吃遍了仙桃的大街小巷,领略了仙桃早点的各种特色,吃完了大家还争着付账。

新手入群,大家必须确保他们的安全。新手先下水在前面游,后面往往要跟着两到三人,随时救援。新手游累了,陪伴的老手便将自己的"跟屁虫"递给新手,让他抱着休息,老手拖着他,继续往前游。这种情况一直持续到新手能完全出道为止。

群里立下规矩:出仙桃去外地游泳,要组成一个方阵,由四个内行的泳友定位方阵的前后左右四个点,把其他泳友裹在里面,不许散盘,上岸后再立刻清点人数,确保万无一失。

有一次,土豆地瓜鼓泅群一行17人去咸宁绿水湖游泳。因为绿水湖是一个河面不宽的长方形水库,下水后大家自然是从河心向前游,水库长好几公里,水也很清,游得很舒服。多数人游了近两公里后便开始原路返回，不到一小时就都上岸了。

等清点时却发现还有一个 Z 姓泳友不见踪影。当时，所有泳友都傻眼了，看着被重重小山阻隔的河水，没有任何人的迹象。于是大家让一个泳友留守在我们下水的地方等待接应，其他泳友兵分两路，一路划着一只闲停在河边的小船，沿水库向上去找寻，另一路开着车，沿堤往上搜索。

正当大家心急如焚的时候，留守的泳友打来电话，告知有位渔民在河里见过泳友了，嘱咐我们回去，大家这才松了一口气。几经周折，掉队的泳友总算回到了宾馆，大家由忧转喜，像过节日一样高兴。有人提议说喝酒去，掉队的泳友立马表示，我非常感谢大家对我的这份情谊，这桌酒大家就不用说了，我请！

时间在一天天地流逝，土豆地瓜鼓泅群的泳友们依然在快乐地游着泳，大家不仅做到了团结互助、心心相印，有的更成为终生难觅的知己。

这就是我要告诉大家的土豆地瓜鼓泅群的故事。

其实，生活原本是一根根已成熟的甘蔗，只有去咀嚼，才能品出其中的甘甜，我们游泳也正是在咀嚼并品味着人间的各番滋味，在江水中浮沉使我们的生活又平添了一分甘甜！

畅游人生

在多数人眼里，汉江就是一条河。然而，在一个无论春夏秋冬、阴晴雨雪都在汉江上纵情弄潮的游泳爱好者看来，汉江是一条富有生命的河！

它是温柔的，尤其在春天，两岸桃红柳绿，微风轻拂，那清澈而宁静的江面便随风起舞，在清晨阳光的折射下，泛起粼粼金波。置身其中，它会用力托举着你，亲切地拍打着你，紧紧地拥抱着你，熨帖地抚摸着你，让你在这天人合一的意境中享受人生。

它是无私的，炎炎夏日，是泳者的节日，成百上千的游泳爱好者投入其间，汉江以其宽阔的胸怀接纳一茬又一茬快乐的人们，给他们拭去燥热的汗水，送来夏日的清凉。在泳者们尽兴的挥洒之间，它倾心相伴，默默奉献，无欲无求。

它是充满激情的。每当深秋，汉江汛情到来，江水几乎溢满河床。整个江面像一匹脱缰的野马，裹挟着浑浊泥沙，翻滚着滔滔的波浪，急速向东奔流。此时弄潮儿投入汉江，那正是勇者与勇者的对决，激情澎湃的汉江在消弭着泳者的意志，勇往直前的泳者在汹涌的洪流中收获着征服者的快感。

它是冷峻且孤傲的。严冬降临,万物萧瑟,寒风裹着雨雪肆虐地扑向江面,江水寒冷刺骨。此刻汉江冷峻且孤傲,时而它仿佛对往日乐此不疲的泳者们的退缩发出轻蔑的冷笑,时而笃定没有人会打破这江面上无边的沉寂。殊不知冬泳人有着挑战极限的勇气,他们毅然义无反顾地投身冰冷的江水中,似乎要用温暖的身躯去焐热冰冷的江水,让钢铁般的意志充分地彰显,让冷峻又孤傲的汉江心悦诚服!

你热爱生命吗?那就来游泳。汉江能赐予你生命的活力。

有那么一群人,当他们投入到游泳这项运动,就像痴迷的信徒,沉溺其中,不离不弃。为什么?

他们中有肥胖者,在遍尝了五花八门的减肥方式依然无功而返之后,选择了投身汉江,尝试游泳瘦身,十分幸运的是他们中的多数居然游掉了身上多余的脂肪。在游泳圈内,多少男子由大腹便便变得玉树临风,多少女士由油腻肥胖变得亭亭玉立凹凸有致。

有体弱多病者,在倍感生存危机,寻觅强身壮体之道时,选择了游泳,结果是事半功倍,首先是精神面貌焕然一新,心态由未老先衰变为英姿勃发,接着是很多疾病不翼而飞。在令人愉悦的运动中,他们的精神由消极颓废到乐观向上,他们的身体由亚健康到健康状态。

有癌症患者,在尝试了古今中外所有的治疗方式依然不能摆脱病魔的纠缠之后,期待余生放飞自我。他家住汉江边,从小就喜欢在汉江水上漂,心灰意冷的他只是想旧梦重温,在汉江中享受一下戏水的乐趣。结果近乎绝望中的他不仅享受了游泳带来的快乐,更让人称奇的是如今他已游走了病魔,获得了新生。

投身汉江更多的应该是对生命无限热爱,对生活充满激情的人，他们信奉生命在于运动这一至理名言，来到汉江，去拥抱大自然，进而构成了一个庞大的游泳圈。看那圈内的朋友们，无论男女，个个精神抖擞，身体健壮，更有多名幽默开朗的泳友在群内高调昭示：游泳最大的收获应该是有效地促进了夫妻关系的和谐！

你想交朋结友吗？来汉江游泳吧，它会为你打开一扇广阔的情谊之门。

在游泳圈里，你可以接触到来自不同区域、不同行业、不同年龄、不同经历、不同性别却有着共同爱好的人士。在这个基本上没有功利的环境里，你完全可以根据你的兴趣、好恶、个性去找到你认为志同道合的朋友。

于是游泳形成的大圈子随着时间的推移，会像洗牌似的不断盘整，派生出了一个又一个的群，这些单个的群内部就是一个相对紧密的朋友圈了。这些自由组合的团体会随机推出一个牵头人，然后约定俗成，统一了每天集合下水的时间、统一了游泳的线路、统一了早餐的去处。因为是自愿组合，大家在一起格外融洽，就像一个大家庭。少不了隔三岔五到酒店喝上几两烧酒，到麻将馆搓几圈麻将，到省内外大江、大河、大湖、大水库施展一下游泳的才艺，享受一下旅游的快乐。

于是，在这赏心悦目，乐此不疲的畅游历程中，衍生出了许多动人的故事。有一年，一个群一行十九人到绿水青山去游泳，结果有一个泳友不慎掉队了，急坏了其他所有的泳友，他们迅速兵分三路（水上弄了一只船，陆上开了一辆车，原地留守两个人），溯江而上，最后终于让掉队者顺利归队。在这找寻的全程中，大家的心情是凝重的，步调是一致的，当泳者归队时，大家如释重负，欢呼雀跃。这一切表明，这是个团队，一个牢不可破的整体，他们心心相印，紧密相连！

还有一年的10月，汉江秋水暴涨，渍水淹没了游泳协会的冲凉棚,超过了汉江警戒水位。水流湍急,浊浪滚滚。然而,一群自信的泳友依然毫无畏惧地前来挑战急流。突然,一位女士由于驾驭不住流速过快的江水,躲避不及,眼看就要撞到江面上一艘大货轮的船头上。就在这千钧一发之际,只见一彪悍的男士勇敢地冲了过去,抓住女士的右肩,用娴熟而有力的动作,将女士拖向江心,湍急的江水依然无情地将两人拽向船头,缓过神来的女士配合男士合力划水,转瞬之间两人与货轮的船舷几乎是擦肩而过,一场灭顶之灾化险为夷,两条鲜活的生命完好无损。上岸后,女士看着勇敢的水中蛟龙,满眼都是感激与仰慕,仿佛是上天安排,两人刚好都是单身,女士欣然以身相许,与之结为伉俪。汉江做红娘,让有缘人终成眷属,这段脍炙人口的爱情故事成为了游泳圈内一段令人回味无穷的佳话。

在这个令人流连忘返的江面上,你随时都可以看到夫妻结伴、父子携手、师徒与共投身汉江,游着情趣,游着慈爱,游着情谊;你随时可以听到江中泳友结伴同行的欢声笑语和江面上回荡着"有船来了!"的高声呼唤,你随时可以感受到相互安慰、相互鼓励、相互帮助的温馨关爱。

想成为运动达人吗?来汉江游泳吧,它会让你实现常人遥不可及的梦想。

汉江是一个天然的游泳练习场,如果把自己定位为一名长期坚持游泳的人士,就可以向老泳友学习,坚持不懈地练习不同的泳姿,只需两到三年,你就可以熟练地运用自由泳、蛙泳、蝶泳、仰泳等各种泳姿,成为全能的游泳健儿,在不同的水域展示你不俗的游泳技能。

冬泳是一项挑战人体极限的运动,尤其是每年三九严寒时节,当江水的温度降至六摄氏度以下,更是对泳者意志力的严峻考验,如今,在汉江挑战极限的人越来越多,游过冬泳的人身体也越来越棒。有人说敢于游冬泳的都是运动达人,叫人望而却步,高不可攀。冬泳爱好者却说,一般身体无大碍的人都可以挑战冬泳,只要你的意志力足够坚强!

每年省内外乃至全国都会组织一系列户外水域游泳竞技赛,通过坚持不懈的锻炼,用心提高游泳技能,你完全可以冲出汉江,走向全国,去展示游泳的才艺,去争取好的名次。就在我们这个游泳圈里,有几名出色的男女,他们经常在各类户外水域赛场上争金夺银,捧回奖杯。

横渡长江、黄河,几乎是每一位游泳者初始的梦想,如今,只要是在汉江上漂了一到两年的泳友都能轻而易举地征服国内这两处最大的水域。更有甚者,有几位泳友已经把目标瞄准了琼州海峡,并且其中有几位勇士已经挑战成功。

或许你并不想实现运动达人的梦想,但只要你投入汉江,肯定能收获一份优于常人的满足感和超越自我的自豪感。

想成为英雄吗?到汉江来游泳吧,这里兼具水上救援的使命,那是你的用武之地。

汉江的泳者热爱生命,也热衷公益,这些年来,近三百名勇士踊跃报名参与,成为汉江救援的志愿者,每年6至10月游泳的旺季,便分成若干个救援小组,分头在市民游泳集中的地点守候,出现险情及时救援。只见那些救援点上一杆迎风猎猎飘扬的救援旗,一只不断播放着游泳安全知识的麦克风,一群守护着水中男女老少快乐戏水的志愿者,那情形就是一首歌,一首无私奉献之歌;就是一幅画,一幅温馨和谐的风景画。志愿救援组织成立后,多次对不慎溺水者施以援手,化险为夷,挽救了一个又一个鲜活的生命。

志愿者们不仅在游泳旺季定点守候,实施救援,在平时也不辱使命,只要是哪里出现险情,他们就会冲锋在前。据不完全统计,每年,汉江救援的志愿者都要挽救十条以上的生命,只要看看每年仙桃市政府颁发水上见义勇为奖的合影照片,欣赏一下那些舍生忘死的救援者们的一张张灿烂笑脸,再看看仙桃市游泳协会大堂前悬挂着的一面又一面起死回生者的家人们送来的表示感谢的锦旗,你不能不对这些英雄们肃然起敬!

汉江的水生生不息,源远流长。它承载着泳者们的快乐与希望,抒写着泳者们的执着与坚强,流淌着泳者们的光亮人生与精彩传奇!

婚礼絮语

一

婚礼是人生中最为重要的一个节点,当两个人走进结婚的殿堂,就意味着他们的人生拥有一个新的起点。两个人将组建一个家庭,开启全新生活方式。也正因为如此,从古到今,为了让这一意义特别重大的人生转折给当事人与关注的人留下深刻的印象,人们对婚礼设置了隆重的仪式,也赋予了深刻的文化内涵。

中式婚礼因地域的不同,婚俗千差万别。梳理起来也大同小异,传统婚俗里最大的共同点就是"闹婚"。不知从哪朝哪代开始出现这样一种理念,即婚庆之中必须要闹,越闹越发,不闹不发。

这个理念一经抛出,那些善于做"闹"字文章的人们充分发挥其创造性,在婚礼进行过程中不知演绎了多少出奇葩而粗俗的恶作剧,将婚礼变成了一场闹剧。

20世纪80年代中期,我曾参加过一个同事儿子的婚礼,这位同事是一个镇的人大主席,听说他的儿子要结婚了,立即让那些乐于闹婚的人兴奋起来,因为这位侯姓的主席是该镇闹婚的领军人物,镇上只要是有相熟的家里有婚庆,必请他,大家戏称他为"闹委会主席",由他支招编排的一些闹婚节目无不为那些好事者拍案叫绝，回味无穷。由于炮制的恶作剧太多，也欠下了很多"债",这次他儿子结婚,那些过去被他颠摆得尴尬无比、狼狈不堪的主子一定会加倍报复。

等待这一天已经很久了,那些有过被侯主席折腾经历的人当机立断成立了"闹委会",进行了精心的部署和缜密的分工,一场闹剧由此拉开了帷幕。

通常闹婚必须要有"猴子"盘。这个"猴子"自然是新郎的父亲,也就是侯主席了,这位侯主席自知"罪孽深重"。处理完一些婚前琐事后,打算在婚庆的前一天晚上一溜了之。哪知"闹委会"的人早就盯上了侯主席,为了将其控制住,婚前的下午,他们将侯主席抓住,用手铐将他的一只手铐上,铐在他家大门的门环上,连上厕所也不解铐。

"猴子"抓住了,文章就好做了。快到闹房的时候,他们开始为侯主席"化妆",好事者们先是在他脸上涂上了非常夸张的红色油漆,还用墨水画了眉毛,有人用红色蜡光纸写了一个横幅"今天我要结婚了"！为了防止他本人将横幅撕下来,他们用胶水将横幅牢牢地贴在了侯主席的额头上。

一切准备就绪,主持人宣布:"闹房的第一个节目开始了,我们先来个文的。"具体要求是公爹与媳妇念顺口溜。由公爹先说第一句:"爹爹床上坐。"新娘应道:"媳妇喜不过。"

……顺口溜几轮之后过关,引得满屋子人一阵鼓掌和说笑。

主持人接着说:"下面来个武的。"第二个节目是啃萝卜,把一个红萝卜用线吊到竹竿上,让公爹和媳妇去咬这个萝卜,要求双方必须同时咬到萝卜,只能用嘴不许用手。为了让公爹和媳妇就范,两个身后各有一个拿着细长竹鞭的人,他们不动就来一鞭。那萝卜很滑,好不容易两个人嘴快碰到萝卜,操控竹竿的人猛地将竹竿向上一提,两人就会头碰头,这个时刻是围观者最兴奋的瞬间。经过四五个回合,操纵竹竿的人有意放松了一点,两个人终于咬住了萝卜,结束了这个节目。

闹房时屋里屋外满是人,里三层,外三层,挤得水泄不通,像看耍猴似的,吆喝声,叫喊声,笑声一浪高过一浪,好事者和观望的人都似打了鸡血似的兴奋不已。

闹剧到底还是收场了。在整理房间时,侯主席要同事为他撕下那条横幅,结果,因为粘得太牢,死活撕不下来。侯主席嫌同事太斯文,一咬牙,猛地将那横幅往下一扯,结果,整个一块皮肤连着纸一起被撕下来,血很快顺着他的额头流下来,满脸是血的侯主席此时并不感到痛苦与愤懑,反而说:"今天这事安排得妥,我高兴!"可怜侯主席脸上的油漆用柴油洗了三天才勉强洗干净,而那额头上留下的疤痕直到现在依然没有消失。

我所看到的这场婚礼应说是够庸俗、够恶劣的,在"以闹才发"为理念的驱使下,像这样的婚礼可能只是"闹婚"恶作剧的冰山一角,应该还有比这更恶毒更惨烈的闹婚故事。记忆中,有报道在闹婚中堆罗汉将新娘压在被子里窒息而亡的悲剧。

我非常反感这种俗不可耐以闹为主的婚庆,也相信这种粗俗的婚庆文化不会有生命力。最近这些年,我陆续地参加了一些亲朋好友孩子的婚礼,记忆中已没有了往昔那大红大紫的服饰,没有了那一张张被墨水涂得乌漆漆的脸,没有了鞭炮轰鸣的喧嚣,更没有那庸俗不堪的闹房的场景。

故乡有棵木子树

174

时代的火车在前行,往日的婚礼景象很难见到了。

当下的婚礼,融合了很多东西方文化,婚礼一般是在一个金碧辉煌的婚宴大厅,台下排列着整齐的餐桌,舞台被白玉兰花、玫瑰花所装点,铺着红色地毯的 T 型台向前延伸二三十米,支起一个由轻薄透明的白纱搭就的帐篷。台上正前方大屏幕滚动播放着新郎和新娘相亲相爱的画面,大分贝的音柱播放着舒缓而温馨的音乐。

从新娘的父亲把新娘的手交给新郎开始,到两位新人深情相拥为止,整个过程始终让人沉浸在温馨又浪漫的氛围中。

时下的婚礼中,主持人成为整个婚礼非常重要的角色,整场婚礼下来,主持人处于主要引导地位。因此,很多家庭在举办婚礼时,总是到处打听,不惜重金,力求请到一个最好的主持人,为婚礼添光加彩。标准当然首先是伟岸俊朗,然后是从业的光环必须耀眼,知名度越高越好等等。

应婚礼主办人的要求,主持人有时还对婚礼固定的程序做些改造。有一次我参加一个朋友儿子的婚礼,主持人在两位新人拥吻后突然加了一个环节,请双方父母上台给两位新人赠送礼物。新郎的父母亲上来,递给两位新人一把用瓦楞纸做得十分夸张的大钥匙,主持人介绍,这是新郎父母在省城为两位新人购置的 150 平方米的新房。接着新娘的父母上台,同样拿着一把用瓦楞纸做的钥匙,主持人介绍说,这是新娘家为两位新人购买的宝马牌豪车一辆。

这样的婚礼显然比过去那种闹房式的婚礼要高雅与文明,不然如今的年轻人为什么绝大多数选择这种方式?就我所见,连十分偏僻的乡村也采用这种方式,哪怕婚宴厅都是用简易遮雨棚做成的。但这种婚礼依然有缺点,如主持人统领一切,完全把握婚礼的节奏,一旦主持人出问题,整个婚礼都将乱套。如上面讲到赠房赠车的环节,负面效应也是很大的,原本是相亲相爱的画面却多少增加了点暗暗较劲的意味。

三

很幸运,不久前参加了一场令人印象深刻的婚礼。

那是在深圳,婚礼现场在海边,在海边的一个游泳池上搭建了一个栈桥。栈桥西头用白玉兰花和玫瑰花扎成拱门作为入口,栈桥的东头用彩灯和各类鲜花布置了一个大厅,大厅铺着红地毯,背景就是海。那天天气十分晴朗,蓝天下白云朵朵,不时有海鸥掠过海面,背景简约而开阔。涌动的海浪和翱翔的海鸥为婚礼现场平添了几分生机与活力。

参与婚礼的嘉宾们在由西向东的露天台上就座。

拱门两边有两位穿着洁白连衣裙的少女,一位坐在椅子上拉大提琴,另一位站立着拉小提琴,琴声把人们的思绪走——少男少女在田间追逐嬉闹,少女小心翼翼地捕捉翩翩飞舞的蝴蝶;两位款款情深的情侣在悠扬而舒缓的乐曲下,紧紧相拥,踩着轻盈的脚步,跳着华尔兹……

婚礼开始了,主持人在新娘的父亲将新娘交给新郎之后,按程序介绍了与会的嘉宾,然后说了句:“下面请两位新人相互倾诉爱的宣言。”接着便悄然退场,把位置留给了两位主角。

首先是新郎向新娘倾诉爱的宣言,只见他双手平拉着新娘的双手,四目相对,说道:“我亲爱的妻子,你不仅仅是个温柔美丽的女子,更是一块坚硬的砺石,是你磨砺了我。”接着他讲道,“是你磨砺了我的意志,与你相识时,我超重15公斤,每当我减肥懈怠时,你总是鼓励我、督促我,带领我变得更好。”

新娘向新郎倾诉:“我是一名画师,从第一次见到你,我就感觉面前这个男人将是我终身的灵魂伴侣,深度接触后,我感到,你就是我的一张画纸,只要展开这张纸,我就马上拥有了创作的冲动、灵感的迸发。你是我创作的启迪者与引领者。"

两位新人一往情深的倾诉,不仅直击对方的心灵,也让所有在场嘉宾如沐爱河,共同畅饮着爱的琼浆!

新郎新娘倾诉完毕,主持人这才从后台冒出来,见证了两位新人戴上婚戒,深情拥吻,新娘向闺蜜抛花,整个婚礼就此礼成!用时半小时。

我感慨万千,我想,这也许就是我心目中一直在追寻的经典婚礼!我以为任何一场婚礼,主角无疑应该是新郎和新娘,除了他们,无论是主持人还是父母、亲朋、嘉宾都应该只是见证者,一场婚礼如果偏离了这个主题,无论铺排得多么豪华,进行得多么张扬,在我看来,都不算美好。

现代年轻人对婚庆方式的选择是在告诉人们:文明与美好是人类共同的价值取向。对外在的追寻也会一步步转为对内心情感的探索。一场婚礼聚集的不仅是天南海北的亲朋好友,还有一颗颗真挚的、追寻爱的心。美好的婚礼能够将新人的爱传递下去。愿天下所有的未婚男女都能拥有一场属于自己的美好的婚礼,愿有情人终成眷属!

故乡有棵木子树

澳洲拾零

2022年7月我与妻子来到澳洲悉尼，为照顾外孙，我们将在这里待上两三个月，由于忙于家务，加上语言不通，我无法完全融入这个陌生的世界，只能是走马观花、浮光掠影了解一些表面的现象，应家乡友人之约，把一些自以为值得借鉴的东西记录下来，呈现给读者。

一、城市环境管理

澳大利亚的人居环境无疑是非常洁净雅致而优美的，我住在距悉尼市中心20余公里的三角旗山（Pennant Hills）社区，属霍恩思比（Hornsby）郡管辖。该社区拥有多个方方正正周长约1.5公里的别墅组团，每个组团五六十来间别墅，每栋别墅占地在800到2000平方米之间，住房面积约有两三百平方米左右，这些别墅都掩映在种类繁多、郁郁葱葱的绿树丛中，别墅四周是四通八达的柏油马路。

别墅前后树木的整枝打叶、草坪的修剪、门前的清洁卫生均由各户主负责,而公共区域的卫生由清扫工负责。这里的清洁工都是年轻人,各种肤色的都有。他们清扫地面不用扫帚,而是肩上斜挎一个功率很大的吸尘器,清扫起来既轻松,又干净、快捷,清洁工在做清扫工作时,脸上都表现出一副轻松而悠闲的神态。

垃圾处理分类的责任实实在在地落实到了每个家庭。

每个家庭有三个大小一致的绿色垃圾桶,分别有三个不同颜色的桶盖。红色的桶盖表明这个垃圾桶是放置不可降解的垃圾的,如电池、泡沫及塑料包装袋等等,黄色的盖子表明这个垃圾桶是放置可回收垃圾的,诸如饮料塑料瓶、玻璃瓶、金属容器、包装纸箱、书籍报刊等。还有一个绿色盖子的垃圾桶是用来装庭院内的枯枝败叶的。每到星期二晚上,户主们就将垃圾桶拖到路边上(垃圾桶平时在住房院内),且将开口朝外。周三清晨人们尚在睡梦中,便有垃圾清运车开来,各种不同颜色的垃圾桶有不同的专车清运,每辆车只有一个人,到户主门口,清运车便伸出一个机械臂,将垃圾扣住,倒扣进车厢口,待机械臂稳稳地将垃圾箱重新放回原处后,便到下一家。红盖垃圾桶每周都会回收,黄盖和绿盖垃圾桶则隔周轮流回收。

瓦楞纸包装箱这类物品要么由户主自己拆解并改小后装入黄色垃圾桶内,要么自己驾车将这些纸箱送到指定的垃圾场。至于建筑垃圾,则必须由户主自己用车运到社区指定的场所去处理。如果建筑垃圾量较大,则由户主出资租大型垃圾箱,由专业公司运走。

尽管产权属于户主,但花草树木都由政府管理,即使是在你院子内,你想要砍伐或者修剪必须有十足的理由,以文字形式申报到政府有关部门，经工作人员考察并收到批准书后方可进行，否则，将面临巨额罚款。

所以，在这个社区，你随处可见各种参差不齐的、不同品种的树木花草在这里茁壮成长。

在我居住的这个社区，养狗的几乎占住户的一半以上，每天早晚我沿着社区的林荫小道行走时，路上是各种肤色的遛狗人。但奇怪的是无论在人行道还是林荫道两边的草坪上，都看不到一泡狗屎。

我留意观察后终于知晓了其中奥秘。这里的遛狗人无论是男女老少，手上都带着一个不大的塑料袋（后来我知道了那是超市专门出售的狗屎袋），只要自己的狗拉了屎，主人马上用那个小塑料袋包着手，抓起狗屎，再翻转过来，装在袋子里，回家后将其扔进红盖垃圾桶。

由于树木花草繁盛，这里的鸟类品种多，生活得很悠闲自在。每天无论是早晨还是夜里，总能听到鸟的欢叫声。我们家有一群特殊的鸟，鸟的头上都长着带钩状的冠，像八哥的模样，全身洁白，叫声嘹亮且悠长。这几只鸟每天都从家里的橘子树上摘果实带到其他地方去吃，尽管我们感到十分惊讶，但从不打扰它们。

我有一个老乡家的后院长期活动着约二公斤重的两只火鸡，它们以刨食树下落叶中的小虫为生。这两只聪明的火鸡甚至在树下用落叶堆了一个直径约三米的"养殖场"，专门"养殖"小虫。每隔几天，它们便刨开落叶吃虫，吃完后又将落叶堆起来。这里的户主从不打搅它们。

环境有天然的成分，更是人打造的结果，如果我们也通过学习，进一步提升素质，能做到珍惜和爱护自己所处的环境，那一定也可以使自己的生活环境更加空气清新、景色宜人。

二、就业及从业状况

澳洲国土面积为 769.2 万平方公里，到目前人口约 2600 多万，支撑其经济发展的主要是矿业、旅游业、服务业。

这个国家国土面积排在全世界第五的位置，而人口仅两千六百多万，还不到我们湖北省的一半，所以这里的就业与从业状况总体上是乐观的。

首先，用工荒是这个国家的常态，一个简单的现象就可以证明。在我居住期间，女儿家换了一台电冰箱，拖到家里来，花了 200 澳元搬运费，几乎和购买二手冰箱的价格相当。两年后，决定换一台容量大一点的双门冰箱，于是用 200 澳元将旧冰箱售出。买主自然也是找搬运工将冰箱拖走，来的是一个从台湾移民过来的年轻人，他仅一人用一个推车将冰箱拖到他自己开来的货车后面，然后又用车厢后一个升降设备轻而易举地将冰箱送了进去。他告诉我，接这个单的报酬是一小时 200 澳元（相当于人民币约 1000 元），这个单约需一个半小时，对方要支付他 300 澳元。我不由得叹息道：这个人支出买冰箱的钱还没有搬运的钱多。他笑了笑直点头。

在这里，只要是涉及人工，费用都非常昂贵，女儿家只叫人换了一个灯泡就花了 50 澳元。人工如此昂贵，足以说明人员的稀缺，但是这里的就业宁缺毋滥，十分规范，不管什么职业都必须经过培训结业领证，持证上岗。

其次，澳大利亚还是一个鼓励移民的国家。因为各种层次的人员都匮乏，澳洲成为全世界为数不多的鼓励移民的国家，高精尖人才作为人才引进成为技术移民，每年大有人在。

我女儿在第二胎刚出生时请了一位大嫂帮助做一餐饭，每天须支付 200 澳元。大嫂来自大连，与丈夫都是初中毕业，是通过劳

故乡有棵木子树

务中介介绍过来的。当时澳大利亚理发师缺乏，出台了鼓励理发师移民的政策，正好两口子在国内是从事理发的，于是就移民过来了。现在两口子已取得澳洲身份，目前他们已拥有自己的小车和联体别墅，也完全融入了这里的生活。

澳洲每年都根据国内需求推出一些职业给市场，如今年以来，澳洲幼师比较缺乏，就降低了这类人员移民的门槛。根据当前用工荒严重的情况，该国政府提出了由过去移民5万增加到20万的议案，该议案通过议会讨论，决定今年准予移民18万人。

在薪酬待遇上，这里的白领和蓝领的收入差距是不大的，甚至白领的待遇反而低于蓝领的待遇，据统计，澳洲蓝领平均周薪高达1229澳元，而白领的平均周薪为1085澳元。只要你拥有了一门技术（电工、水暖工或泥瓦工等），年薪拿到15万到20万澳币也不是不可能的。我有一个朋友的儿子，现在就是在澳洲做普通建筑工，已拥有自己的别墅，生活也十分优渥。

前不久，我到离社区不远的一个理发店理发，为我理发的是一个来自东北的退休女工，她告诉我，她儿子在这里，她已经移民6年了，好在是有这门手艺，现在一周可以挣一千多澳元，生活还算是过得去。而这也是我在周边找到的最便宜的一家理发店，头发不到5分钟就理完了，花了12澳元，但其他店同样的工序，标价是20澳元。

我有个朋友，儿子在悉尼税务局做事，每每与他说起这个职业来，他一笑，总是轻描淡写地说不过是一个饭碗而已，根本感觉不到所谓白领的优越感。

澳洲人从业的方式，尤其是白领上班一族的从业方式与国内存在一定的差异。因为要接送小孩，我无意中结识了一些来自中国的与我一样前来带孙子的退休老人。他们的小孩基本上都是白领。由于疫情的原因,这里的上班族 80%是在家里办公,工作全部在网上完成,很少到公司去上班。

三、城市交通

因为我居住在悉尼,只能将悉尼的城市交通状况给读者做些简单的介绍。

悉尼的城市面积达 12368.193 平方公里,与我国的北京市面积相差不大,人口只有 530 万。大悉尼都会区由悉尼中央商务区和 22 个行政郡构成。这里的城市布局与国内的城市布局最大的区别是我们国内的城市大区当中夹杂着农村,而这里没有农村,在这方圆 12000 多平方公里的土地上,是一个又一个星罗棋布的别墅组团。

悉尼的交通工具主要是依靠"T、B、F、M、L",即:火车、公共汽车、轮渡、地铁、轻轨。它们互为补充,形成了无死角、无缝隙的交通网络全覆盖,为行人提供了便捷的服务。

火车是悉尼城市交通的主角,悉尼市共有 8 条铁路营运线路,815 公里,车站 306 个,最大的火车站悉尼中心火车站,拥有 28 个站台,意味着从这个中心散发,四面八方有 28 路火车向中心聚集。火车站分布之密集的程度也有些出人意料,仅从中心火车站到霍恩思比郡(Hoursby)不过 36 公里的路程,就设置了 21 个火车站,基本上每 1.5 公里就有一个,覆盖到了悉尼的大部分社区,其功能与我国城市地铁相当。

其次是公共汽车。悉尼的公共汽车也是一个十分庞大的交通系统,公共汽车以对道路选择相对灵活的特征,把火车没能覆盖的交通空白有效地填补了。

悉尼的客运火车从早上 6 点开始运营,晚上 10 点收班,火车收班后,公共汽车就接替火车沿铁路继续营运,以方便深夜出行的乘客。

然后就是轮渡。由于悉尼是个沿海城市,有一条从海里延伸进来的帕尔里特河,将市中心隔开,导致许多地方的连接只能靠水运来完成,加上城市旅游的需要,悉尼的轮渡也就应运而生了。

悉尼的地铁严格意义上讲,是悉尼铁路运输的补充,它只有一条线,长度60公里,仅设有32个地铁站,分布在悉尼市比较中心的区域。悉尼火车是双层结构,可上下坐人,而地铁为单层。它基本上是在悉尼城区发展过程中,侧重新建的核心区域而建设的,弥补了火车线路的不足。

最后是悉尼的轻轨。目前由三条线组成,共有42个车站,总长24.74公里。轻轨都集中在悉尼的核心商业区,为核心商业区出行、旅游、购物提供了极大的方便。

除了交通网络健全,乘坐起来也十分方便。前面所叙的五种交通工具持一张通卡即可乘坐,澳洲凡60岁以上的公民均可以办理老年卡,持有老年卡的人即可领取一张享受优惠的公交卡。拥有这张卡,即可以享受一天2.5澳元的封顶服务。学生(含小学、中学、大学)星期一到星期五上学乘坐公共交通费用全免,上班乘公交车的年轻人票价减半收取。普通人的公交卡每到星期天也可以享受2.7澳元封顶乘车的优惠。所以,星期天悉尼出行的人相对就多一些。

澳洲的铁路一般是在周六和周日停运检修,这时就会有一路公共汽车替代火车,路线与火车完全一致,停靠的站点也无二致,且不收取任何费用。

这里开车是右盘子,车行靠左,与国内完全相反。必须重新考驾照,并克服车行靠右的习惯。

同时,这里的交规对行人是刚性的。在澳洲的大街小巷,车行速度一般设定在 50—70 码。任何车经过绿灯时都是不减速的，甚至是飞驶而过，这时如果闯红灯，无疑是在拿自己的生命开玩笑。

四、基础教育

澳洲基础教育的办学主体是多元的。澳洲小学和中学教育有两个办学主体：一个是公办，由政府出资办学，属全日制学校，十三年学制，全免费教育。（学前班一年，小学六年，中学六年，澳洲只有中学，不分初中和高中）

第二个是民办，民办学校是要收费的，且费用较高，最高一年达 5—6 万澳币，最低也要 4—5 万澳币。家长必须提前排队报名，最迟要从孩子三岁就开始报名，最后能否排上还得看你报名的位置了。民办学校的在校学生 90% 是白人，其教育质量明显优于公办学校。

澳洲还存在着一定数量的教会学校，它们也属于私立学校的范畴。教会学校既招收各社区内信众的子女，也对非信众的子女开放。这类学校的费用大约是民办学校费用的一半，教学质量也明显优于公立学校。

各种培训学校、机构也是林林总总、枝繁叶茂。既有学科培训，又有兴趣特长培训。我的大外孙子今年八岁，读二年级，报了空手道、钢琴、国际象棋、游泳等培训课。培训机构，收费都不便宜，一节课一般要收取 50—100 澳元不等。在职的公立学校教师不能参与并从事任何培训机构的活动的。

学校都是要排名的，往往排名好的学校周边的房价也会水涨船高，炒得比一般学校周边的房价要高出许多。

一般来说，澳洲的小学在一到三年级对学生的教育很自由，

故乡有棵木子树

每天大约九点半上课，到下午三点一刻就放学了，中午吃饭午休在学校，基本上没有家庭作业，平时也没有考试，班级也不排名。到期末结业，老师将成绩单发给家长，但家长只能了解自己孩子的成绩，其他孩子的成绩是保密的，不予公开。

从四年级开始，学生就有考试和排名了。澳洲教育部门以州为单位，在各个市郡选择部分学校设立 OC 班（相当于尖子班），由州政府统一组织考试，结合平时的成绩，在全州范围内统一录取进入 OC 班，这期间除了州政府教育部门，所在学校均不得插手学生录取工作。这批学生基本上就是中学精英班的生源了。

在澳洲，学生之间的竞争有激烈的一面，也有平淡的一面。

也许是因为不同文化的影响，亚裔父母要更重视教育，亚裔孩子竞争的主动性也要更强一些。

我的一位老乡有两个孙子，大孙子已读大学，小孙女从小学四年级开始就马不停蹄地奔走于各培训学校之间，不断地进行强化培训。这个小孩本来就很聪明，加上不间断的培训，中学时考入在新南威尔士州综合排名第三、女校排名第一的一所中学。这所中学每年仅向全州招收 150 名学生，考上这样的中学，就相当于我们在家乡考上华师一附中。

他孙女所在这个班共有学生 25 名，白人学生 2 名，马来西亚裔学生 1 名，越南裔 2 名，印度裔 2 名，韩裔 2 名，其余全部为华人的后代，由此可见，中国文化中重视教育的传统，在澳洲也发扬光大了。为了阻止亚裔孩子在基础教育中占优的发展态势，澳洲政府采取了很多措施，诸如提高英语的难度，降低数学的难度，甚至专考英语诗歌等等，但这些措施都没有达到他们所期待的结果。

身处政界、商界、科技界、学术界高层的精英们对子女的教育十分重视。在澳洲的私立学校基本上是精英学校，吸纳的都是澳洲上流社会的子。在悉尼有一个叫卡林佛的社区有一所名为王子学校的私立学校，每年都接纳中东阿联酋、沙特阿拉伯等国的王子王储们入校。

大多数孩子是在义务教育后就自动分流，约50%进入大学学习，还有50%进入各类职业技术学校就读，走上自己的职业之路。

这些学生的环境氛围比较宽松，学习压力也不大，多数学生对精英学校关注度并不是很高，所以总体上的竞争态势远远没有国内那么严峻。家长对子女求学所能提供的外在帮助是极为有限的。最大的可能就是顺其自然，按部就班地完成自己的学业。这也导致了家长在子女求学的过程中，能给子女自身更多的自由发展空间，鼓励他们充分挖掘自身潜能适应社会。

澳洲对学生的要求是全面发展。不是文化分高就代表你能被名校录取，除了体育，诸如游泳、百米跑等必修课要过关外，还必须拥有一门以上的特长才能被名校录取。如我老乡的孙女录取到悉尼排名第一的女校，除了文化成绩出类拔萃外，她的油画已经进入到准专业水平了。

五、医疗

澳洲医疗实现的是全民无差别医疗保险。拥有医疗保险就意味着你在公立医院住院治疗时，检查费用、手术费用、医药费用等，患者不用掏腰包。

这一说法是否意味着任何拥有了医保的人都可以在医院无病小养、小病大养、大病困养呢？

事情没有我们想象的那么简单。

在澳洲，如果患者生病直接去医院，医院是不会接诊的，首先必须经过患者自己的家庭医生诊疗。因为家庭医生对其身体状况有比较完整的了解，同时，家庭医生也是全科医生，他接诊后认为可以治愈，治疗就在这个层次结束了。

家庭医生如果接诊没有澳洲医保的人，每次须收取 70 澳币的挂号费，如果拥有医保则不用缴费。由于家庭医生没有任何检查设备和药物，他只能开具各种检查项目。患者可以凭家庭医生开具的检查项目到任意一家检查机构检查，待结果出来后，他们会及时传给家庭医生，家庭医生会根据诊断结果开出处方药。患者可以凭此处方到任何一家药店购买药品。家庭医生开具的门诊药品是有限量规定的，慢性病最多只能开具一个月的量，普通疾病为一次性处方。拥有医保的患者均有封顶优惠。

在澳洲，任何一家药店都不允许随意出售处方药，只能凭医生处方购买，否则将严格追究法律责任。

如果家庭医生认为他无能力确诊患者的病情，便采取以下两种处置方式：第一种是选择公立医院；另一种是选择独立专家门诊。

按理说，一般患者都会选择公立医院，因为那里是免费的，如果选择专家门诊必须付费，根据患者的患病类型及严重程度，收费在 250 澳币到 400 澳币不等。

但实际上，更多患者选择的是专家门诊。究其原因，一是公立医院必须排队，有时排队几个月甚至一年。二是即便排上队，也许患者会遇到一个实习医师或经验不够丰富的医师，可能会耽误患者的治疗。而专家门诊一约即可诊疗，既专业，服务态度又是上乘。不过，专家门诊也仅做诊断，和家庭医生一样，他只能开具检验报告及药方。

女儿一个朋友的小孩患了发烧到 39℃，急诊医生接诊后问小孩是否还吃奶，对方回答吃奶正常，医生就说："那就不必治疗，回去观察，如果孩子不吃奶了再来诊疗。"如遇的确需要立即处理的病人,急诊窗口接诊后便进入正常的诊疗程序。

在澳洲,除了国家实施的医疗保险制度外,还有作为补充的商业医疗保险制度,可能有人会问,全由公费报销,何必还去交商业医疗保险?

在澳洲也有些诊疗项目是不在国家规定的医保范畴的,如牙科、视力减退后需配备的眼镜及隐形眼镜、助听器、救护车费用等。但如果患者投了商业医疗保险,即可解决上述诊疗及配套器械的费用。同时,专家门诊的诊疗费也是可以在商业医保中报销的。

六、安全

澳洲的安全意识、安全制度和安全措施是个值得讨论的话题。

以安全隐患比较多的建筑行业为例。

如果一位户主想建设一栋房子,首先要向有关部门提出申请报告,由相关部门在所建地竖起建设房屋公示牌。同时,将初步建设的规划通知左邻右舍,让各方就安全问题进行充分的论证,在部门主导下,经各方形成共识后,再由户主分别找持有牌照的规划师、地勘师、建筑工程师、结构师提出许可和设计方案。其中规划师出具此地建筑符合城市规划的许可,地勘师确定建筑基础的状况,确保土地基础建筑安全,建筑师对所建设房屋的外观负责,结构师确保建设房屋的坚固。

经过前期的所有程序后,方可请人施工。而所有的施工人员,包括泥瓦工,电工,水暖工,油漆工等等都必须是持证上岗,严格按有关安全规定进行施工。

工程完毕后,经验收方可入住,澳洲的验收工作不关注具体的施工过程，也不现场检查建筑的施工材料，有关部门只看建筑的地勘师、规划师、建筑师、结构师是谁，是否拥有资质。再检查所有施工人员是否持证上岗，如果上述人员的情况得到一一落实，没有违规情况即视作验收合格了。

澳洲实行的是责任追究终身制，有了责任人，他们就不必再过问过程是否合规，因为如果哪一方面或者哪个环节出了问题，主管部门即可顺藤摸瓜找到责任人，其处罚的力度除了吊销证照，罚得倾家荡产外，还有坐牢的风险。

房屋加层在这里基本上不予审批，对房屋的立面改造或内部重新装修，其安全措施也非常严密。在澳洲，我看过几处立面改造和内部装潢的现场。都是临街的建筑，其防护的设施我还没有见识过，基本上全部是钢构防护，支撑防护网的立柱是很粗的钢筋，行人走过的地方全部是由严严实实的钢架托起的密封钢板，十多层楼的立面全部是密封的金属网罩着，从这里走过，十分安全。

七、购物

澳洲，没有星罗棋布的小超市，居民购物一般需要乘坐交通工具，或自己开车。在澳洲，皮卡是非常受欢迎的一种车型，就是因为它能给居民购物带来诸多便利。

每个社区都会有一个超市和其他商业服务场所。但往往因为这里的物价相对偏高，所以居民一般选择去离社区较远的大一点的购物中心。

首先，这类超市面积庞大，以霍恩斯比郡的西田（Westfield）超市为例，其占地面积达近43英亩，七层楼的商铺，经营面积达15万平方米，整个超市呈环形，几乎将最繁华的区域全部覆盖了。

其次，悉尼所有超市的业态大同小异。我逛了不下七家悉尼大超市,其超市无一例外都是西田地产集团所有,这家公司是全球最大的上市零售物业集团,它建成商埠后便将商铺分租给了各位商户。

澳洲所有大型超市必然有两家超大的商家入驻,一家叫克尔斯(Coles),另一家叫伍尔沃斯(Woolworths),这两家是澳洲最大的日用品零售商,这两家商铺一般要占有整个商铺30%以上的面积,所出售的产品基本上具有同类性,在一定程度上形成了竞争的态势。

除了上述两家大商户外,西田还引进了几百家其他商家,建成了一个门类齐全的,可以涵盖购物者所有购买需求的购物天堂。

第三,这里超市的商品品种也非常有特色。澳洲是一个移民国家,为了满足来自世界各地不同种族、不同地域居民的消费需求,这些超市几乎涵盖了世界各地的商品,可谓包罗万象,应有尽有。在这里逛超市,仿佛进入了一个万国博览会,各国的商品都能被找到。

第四,每个大型的超市商场都有一个购物面积不小于一万平方米的中国超市。在悉尼有一家连锁店叫"通利中国城",进入这个超市就仿佛回到中国,这里熙熙攘攘,来来往往购物的都是华人面孔,尽管南腔北调混杂其间,但身处国外,听见乡音总是倍感亲切。

摆在货架上琳琅满目的都是来自中国的商品。摆货的、收银的也都是中国人。所以,到澳洲你即使不懂英文,也不存在购物的障碍。同时,除了这些超大型商场外,在多数社区,也有单门独户的华人专卖小超市,和上面叙述的一样,这些小超市也都是地地道道的中国人在经营。

正因为如此,许多对英语一窍不通的华人来到这里依然能够自如地生活，他们只去中国超市购物，不需与老外打交道也可以生存。

第五，澳洲的物价显然是偏高的。尤其是这里的蔬菜，价钱昂贵得叫人难以置信。最为极端的是生姜、价钱最高时，卖到60澳元一公斤，折合人民币150元一斤。西红柿也是贵得离谱，价格最高时达到20澳元一公斤，折合人民币近50元一斤。普通的蔬菜如三棵一捆的上海青也需4澳币，接近20元一斤。只有胡萝卜和土豆与国内的价格差不多。

而这里的肉类与海鲜类商品倒是还算正常，一公斤纯瘦猪肉约12澳元，相当于人民币30元左右。一公斤品质极佳的牛肉20澳元基本可以购得。至于鸡肉则比较便宜，一整只的草鸡（非饲料鸡）6澳元左右可购得，而鸡翅、鸡脖、鸡内脏及杂碎，1—2澳元即可购买。

一般超市有酒类专柜，主要出售各类红酒。很少看到白酒，尤其是高度白酒，只看到日本的清酒和韩国的一种白酒。没有看到任何中国的白酒，即使是在华人超市也只有料酒。究其原因应该是在澳洲卖酒是要拿特殊牌照的。

在澳洲，如果去餐馆消费，其开销明显高于国内。除了澳洲人普遍光顾的快餐（诸如比萨、麦当劳等）外，日本料理、泰国菜、湘菜、川菜、粤菜等特色菜应有尽有。这些餐馆多半不供酒（餐馆售酒是需要办理额外的特许牌照的），翻开菜单，最便宜的小菜也在15澳元以上，如果一家五口不算酒水，一桌下来最少也需要150澳元。

八、老人生活

在澳洲，一般来说老人的物质生活是有充分保障的。我在这一章主要简单介绍这里老人精神层面的生活。

这里的每个社区都拥有专门为老人设置的活动场所,主要是健身设备、图书馆、茶社等。也许正因为这是个移民国家,有各种肤色、各个国度的人。你在这种场所里很容易找到语言与你一致的老人,甚至是老乡。在我居住的这个社区里就有北京、上海人,也有荆门、仙桃老乡。

人到了老年,一般呈现三种生存状态:一是能自理,二是半自理,三是完全丧失自理能力。在澳洲,这三种状态的老人都可以在政府的支撑下各得其所,安享天年。

第一种生活可以完全自理的老人,他们极少和儿女住在一起。

这类老人更多是老两口独立居住在自己的住房里。如果遇到需要帮助的情况,诸如:病了需要人陪护、家里比较笨重的活需要人帮忙,都可以不用麻烦在工作中的儿女,只需向所在辖区的老人服务中心提出帮助服务的诉求即可。该机构会根据你需要服务的内容,派遣相应的人员为你服务,并收取报酬。其费用由当地政府对你的经济状况进行评估,然后扣除根据评估认为你能承担的部分后,剩下的服务费用由政府帮助支付。

对半自理或完全失去自理能力的老人,一般由澳洲的养老院收留,其费用和前面所叙一样。

这类人在老人院里生活状态如何,值得我们关注。

澳洲老人院的第一道关是体检。因为都是半自理和完全无法自理的老人,体检是必需的,要根据患病种类和程度配备相应的护理人员。

第二道关是对老人的饮食习惯进行登记,然后根据老人的口味进行不同的配餐服务。

第三是优化室内设备。对老人居住的房间内的设施等进行优

故乡有棵木子树

化配置，确保老人在房间活动的便捷、舒适、愉快。

应该说，要护理好这样的老人，最最重要的一个环节就是护工。澳洲护工都必须持证上岗，上岗证要通过培训考试合格后才予颁发。而养老院护工的考试尤为严格，不仅有职业道德、职业技能的要求，从业后还有职业岗位的考核。

除了护理技能外，更重要的是让这些护工对这一项工作产生理解与尊重，进而生发出对这一职业的热爱。在制度保障加上诸如规范培训、优厚待遇等配套措施实施下，老人护工这个群体中形成了一种普遍的敬老爱老的工作氛围。

我接触了一个老乡，他的邻居是从广东移民过来的，现在就在离我们社区不远的一家养老机构供职，据介绍，她是经过一年半的培训才拿到执业证，她十分热爱这项工作，现在年过六十了仍然在这些机构工作。她介绍，那些丧失了自理能力的老人不同于常人，脾气比一般正常人要暴躁得多。在养老院里，经常有护工被老人打骂的情况出现，但作为护工是必须做到打不还手，骂不还口。养老机构要求护工零投诉，要做到无底线的人文关怀，不然如果被投诉且通过房间录像证明护工对服务对象有虐待或不耐烦的现象，那是无条件要被辞退的。

再者在这些护工中，还有些是来自其他国家的公民，他们有些人正在排队移民的等待期，这类人如果得到优评，还可以缩短移民排队时间，如果有不良记录，那移民就泡汤了。

九、生活形态

来澳洲，可以感受到慢节奏的生活。慢生活是澳洲人的生存状态，简约也是澳洲人对生活的一种普遍追求。

澳洲属于发达国家行列，原来在我的心目中，这里的人一定穿金戴银，身着名牌，驾着豪车满街跑。结果，我所见到的刚好相反。

先说这里人的穿着，除非是比较正规的场所如出席社会活动，其他时间当地人多以休闲服饰为主。有一次我去观摩了社区房子的拍卖，那天去了约二十人，有三个买主，一个拍卖师，两个房产中介。全场只有这三个人穿着西服，打着领带，其余的人都是穿着十分普通的休闲服，上衣就是运动的宽松绒衣，下面穿的是那种针织加厚的休闲裤，一双运动鞋。一身下来不过一百澳元，这一身行头就是澳洲人平时的装束。

我经常乘坐火车，在火车上观察人们的穿戴，除了小学、初中、高中学生都身着整齐的校服外，其他人的穿着极为普通，没有太多装饰。

小车也是以经济实用为主。一般家庭购置的小车均为价值2—3万澳元的车，以日本车为主，例如马自达3系、现代、伊兰特，还有日本的斯巴鲁越野车、德国途观越野车等。

在澳洲，生活是恬静而平淡的。

这里的人尽管肤色不同，语言多异，但总体上来讲是十分友好的。不管你是行色匆匆地走在路上，还是散步在林荫小道上，还是在公共汽车和火车上，虽大多是素不相识的人，但相互问个好是十分寻常的。

不过这里的社交却不如国内那么热烈。

踏上这块土地不久，你会强烈地感受到这里的人与人之间十分淡漠，交往出奇地少。

首先，在这里看不到麻将馆，更没有人组局打麻将，这种人与人之间交往、聚集的活动在这里找不到载体。同时，就我对所居住的社区的观察，这里的居民基本上也没有串门的习惯，都是蜗居族，一家人待在家里，享受着居家的快乐。

其次，在国内三五个好朋友聚在一起开怀畅饮的场面在这里也几乎没有。在餐厅所看到的客人要么是情侣，要么是一家老小，都是在静静地用餐。

而且在悉尼酒店一般是不允许饮酒的，尤其是高度酒。我和一位朋友在外出吃饭时特意带了一瓶高度白酒。我从包里刚把酒拿出来，服务员便马上走上前来告诉我，这里喝酒是违法的，让我们尽快把酒收起来。无奈之下，我只好迅速地把酒收起来。

这里的老人一般在咖啡馆聚会。每到早上九点，就会有七八个相熟的老人各自点上一杯咖啡，边喝边聊，在谈笑中慢慢消磨时间。这可能就是这里常见的社交形态。

尽管我到悉尼的时间不长，却深感这里的生活基调呈现出简单、实用、平静、淡泊的风格，也许这是移民文化的一个特点吧。

对于我来说，从火热而频繁的社交中走过来，多少有点失落感。但阴差阳错的是在这种平淡无奇的生活中我的体重在不到两个月减了 7 公斤，血压减少了一粒服药量，肠胃也有明显改善。

尽管心理上对这淡漠的社交方式有些不适，但我的身体状况似乎在这恬淡的生活方式中变得更好了。

十、老一代华人在澳洲的生活感受

因为所处环境的局限，我接触比较多的是老一代人。

我们这一代人与在澳华人中的年轻一代是存在代沟的，我们这一代人对成功的执念很深。而在澳洲的年轻华人似乎对名利观念十分淡薄，追求一种平淡闲适的生活。

这里很多年轻人谈到人生时往往会说一句话：就算你当再大的官，赚再多的钱，你总不是一天吃三餐，睡在一张床上，重要的是把生活过得有质量。

正因为拥有这种理念的支撑，尽管在澳洲的年轻人在澳的社会地位并不是很抢眼，但他们依然淡定且怡然自得地生活在这片土地上。

我所能近距离接触的都是些年纪大的华人，他们在这里的生活状态因种种原因而千差万别，不一而足，以本人的观察归结起来有以下几种状态。

一、满足现状型。我接触过从福建移民过来的一对夫妇，儿子先移民后为自己父母亲办理了永久居住权。老两口靠打几份工生活，他们东挪西借，把孩子送到澳洲读研。儿子读完书便移民了，又迅速将父母移民过来。到目前老两口已在澳洲生活了十四年，享受了澳洲医疗，最低生活保障等福利，看起来十分满足，脸上写满幸福。

二、身心融入型。为了解老年华人的生存状态，我偶尔参加华人聚会活动。印象最深的是一位刘姓的老人，年纪已七十多了，一头银发，十分健谈。他原来是一所大学的历史学教授，儿子移民后他跟着过来定居。每次活动都要给参加活动的人上一堂英语课，讲一些日常用语，授课者是马来西亚的移民，中文不够好。他便自告奋勇地上台义务授课。他还告诉我们，他每个星期都像赶场子一样要参加三个地方的活动。可见，这位老师是完全融入澳洲社会的一类老人。

三、乐于奉献型。大多数父母都愿意为儿女奉献一切。我接触过一对湖北老乡，年纪七十出头，他们的儿子移民后分别为自己的父母办理了"绿卡"。儿子一声召唤，他们便义无反顾地来到了异国他乡。一晃十五年过去了。妻子依然只会说中文，丈夫也只能进行简单的交流。老两口始终和儿子媳妇生活在一起，把家里大大小小的家务全部揽在手上，从不让晚辈洗一个碗，拖一次地，洗一件衣服。一聊起来，他们十分自豪地告诉我，现在他的孙子孙女已经长大了，大的孙儿在读澳洲八大名校之一的大学，孙女也考入澳洲女校第一名的女中。尽管他们很少出门活动，也没有多少时间参与一些老年社交，但因此却充满成就感。

四、心悦诚服型。在这里，我接触到一位湖北老乡，也姓刘，已67岁。儿子移民后，随儿子迁居澳洲。他的儿子结婚不久，媳妇早产了一个女婴，因为提前了近4个月，孩子生下来只有一公斤出头，像只老鼠，全身薄薄的一层皮绷着，连孩子的五脏六腑都看得见。孩子生下来后，医生把他儿子和媳妇叫到一起，对他们说："孩子就是这个状况，但不管怎样也是一条生命，不知道你们怎么想，我们院方认为不能放弃，应该养起来，眼下孩子生命由我们院方负责，养到我们认为能出院时再交给你们，你们也不必有什么顾虑，如果有什么后遗症将来政府会负责兜底，不会添你们的负担。"这个孩子在医院养了半年，足2.3公斤才出院，出院时，医院还为这个小女孩准备了今后一个月的配方奶粉和充足的衣物。所幸的是这个女孩到目前为止身体发育十分正常，已在澳洲读四年级，成绩还很好。不仅如此，医院还每年免费为这个孩子做一次全面的体检。正是发生在他家里的这件故事促使他下决心办了移民，同时，鼓励他的女儿也移民到了澳洲。

五、憧憬未来型。在澳洲，我还接触了一对从新疆移民过来的夫妇，年纪六十左右，一看那位女士便知是富贵人家，一身珠光宝气，说话十分爽朗率直。他们是生产建设兵团的，靠种棉花捞了第一桶金，便开了一个旅游公司，每年都有300万以上进账。他们只有一个女儿，读高中时，就把女儿送到澳洲了。他们告诉我，到现在，供女儿读书、结婚、购房、购车等他们已经花了三千多万。现在女儿为他们添了两个外孙，所以两口子都过来帮忙照顾。在这里，他们的主要任务是带孙子。其实他们并不想放弃国内的事业，但女儿信誓旦旦地对他们说："尽管这一生我还不清你们的付出，但请你们放心,如果你们老了动不了我一定会尽心尽孝的。"老两口说到这里,感动溢于言表,对我说:"有女儿这句话,我们就满足了,已办了移民,就守在女儿身边吧,反正晚年不愁了。"我想,在澳洲,有很多老年华人都是抱着对晚年幸福的憧憬而留下来的。

六、抵触排斥型。在澳洲,我也见到了一些不愿移民,不愿在这里居住的老年华人。最典型的是一位来自北京的苗姓老太太,1959年出生,因女儿移民后到这里来照看两个外孙。她和我住一个小区,因为一起接送孩子所以经常见面。她首先是吐槽这里什么都不方便,哪一点都不如北京。接下来抱怨语言不通,很难出门,在北京,随便一叫就是一桌麻将,假期朋友们就结伴外出旅游。饮食也不合口味,总之哪里都不如意。她最不能接受的是他的亲家是英国人,住在离这不过十分钟车程,除了星期四看看孙子,其余时间从来不过问,每每说到此,她总觉不公,认为凭什么他们不管自己的孙子,却把我们困在这里呢? 年初她丈夫一气之下回国了,她现在也在天天吵着回国。女儿要为父母办移民,老两口都断然拒绝了。在澳洲,这类无法融入这个社会的中国老人不是个例,应该有相当大的一部分群体。

截至此篇收官,本人应朋友们相约所撰写的《澳洲拾零》总算有了一个结尾。行文间,有幸得到了旅居澳洲多年的仙桃老乡张少华先生的鼎力相助,在此表示深深的谢意!

此篇基本上为随性之作,尽管费了一些工夫,但毕竟是走马观花之浅见,谈不上有什么深度和高度,只能供各位读者对澳洲有一些粗浅的了解,同时也期待与读者分享我的澳洲之旅。

我那遥远的家

　　女儿定居在澳洲的家是在悉尼市霍恩斯比郡的一个社区,那个社区是由一个又一个 house 组团构成,环境整洁明丽,四季绿草如茵,天空湛蓝,空气清新。

　　2022 年 6 月下旬,我与妻子飞到这里,到达后便投入到带孙子的忙碌中。起初我的心情是很平静的,随着时间的推移,到 9 月归期临近时,一股浓浓的思乡之情便油然而生。加上居住点应该是正好在澳洲航空飞行的航道上,每天不时有飞机从头顶掠过,抬眼偶尔可看到飞机尾部那一朵红蓝相间的兰花标记,那是南方航空公司的班机。伴随着那轰鸣的飞机引擎声,我思乡的情感便像潮水般奔涌……

一

　　我思念我在祖国的家,那是我生活的自由空间。

　　我的家在湖北省仙桃市仙下河畔,是一栋独立的联排住宅楼房。在这个独立的空间里,我是自由自在的,热了打个赤膊在里面随意走动没人指责;困了躺在床上呼噜打得震天响没人干涉;乐了敞开喉咙喊几曲豪放的流行歌无人过问;沮丧了无端地发一下脾气也无人阻止。

在这个空间里,一切都属于我。电视是我的,电脑是我的,厕所是我的,厨房是我的。一切我都可以自由支配,无需得到任何人的应允,而且这种"为所欲为"的感觉只有在这个空间里才能找到。

在这个空间里,有着一帮和睦相处的邻里。当你要离开家一段时间,他们会为你照看房子,当你来了客人,需要停车位,他们会友好地让出空闲的车位;不时还有邻里将自家乡下种植的时令蔬菜送来让你尝鲜。逢年过节,大家总带着各自的礼品相互慰问。如果哪一家有什么困难,或者有什么急事,大家总是力所能及地帮衬,真心实意地分忧。

在这个空间里,有我恣意徜徉的领地。我家门前是一条河,名叫仙下河,沿河是一道四季如春的林荫带,林荫丛下有一条专供人们锻炼的步道,全长约六公里。我每天都会在这条小道上散步,时而整理我一天凌乱的思绪,时而为我即将动笔的文章谋篇布局,时而冥想着曾经的成功与失败,时而思念着我的亲人和朋友。

我已经习惯在这条小径上匆匆前行,那景那物,那一张张熟悉的面孔已成为我生命中不可或缺的风景线。

二

我思念家乡的菜肴,那是刻在我灵魂里的味道。

民以食为天,我的家乡仙桃曾经是云梦泽之畔,水域宽广,湖汊纵横,淡水资源极为丰富。丰沛的淡水资源为家乡人带来鲜美的食材。在这里，无论是普通的"四大家鱼"（草鱼、鲢鱼、鲫鱼、青鱼），还是名贵的甲鱼、鳜鱼、黄骨鱼、黑鱼……可谓应有尽有。在家招待客人，以本地产的淡水鱼为食材，做出十道菜以上的"鱼宴"是一件轻而易举的事。淡水还为这里的人们带来了藕带、莲藕、菱角、泥蒿、茭白等天然绿色蔬菜，让人们一年四季都能品尝到大自然馈赠的美味。

家乡的人们不仅乐于享受美食，更善于开发美食。且不论享誉中外的地方招牌菜沙湖红心咸蛋、毛嘴卤鸡、沔阳三蒸，一些传统的菜肴在家乡能工巧匠的打理下，也可以大放光彩。这些年来，频频传出家乡厨艺大师在各级烹饪大赛上获奖的消息。

和其他地方一样，家乡的菜肴也讲究色香味美，但它独特的味道是其他地方无法复制的。以本人的感觉，家乡的菜肴是在吸收了湘菜和川菜的精华之后，走了一条中间的路线。那就是菜偏咸，但比川菜要淡一点；也辣，却不像湘菜那样辣得劲道十足，它既能让清淡口味的人接受，又可以让重口味的食客找到咸辣并重的口感。

一方水土养一方人。丰富多彩的食材，能工巧匠的烹饪，日复一日的食用，我的味蕾完全被这家乡的味道征服，它已经深深地渗透我的骨髓，刻进我饮食的记忆里。

在异国他乡，我可以短暂地接受与家乡不同的味道，然而，那新鲜感往往是稍纵即逝，平静过后，胃口便又不由自主地回归到对家乡味道的思念上来……

三

我思念家乡的好友亲朋，那是我割不断的情。

我不能苟同世界上只有永恒的利益，没有永远的朋友一说。

已经走完大半人生的我有过苦难的童年，艰辛的青少年，一帆风顺的中年，衣食无忧的晚年。这一路走来经历了很多人和事，也交了许多朋友。尽管经过时光的洗牌与沉淀，至今依然是至交关系的人已经大为减少，但在这些至交中，从时间上，有我相处近六十年的发小，有从小学到大学的同学，有在多个岗位工作时交结的同事；从身份上看，有农民、工人、知识分子、商人、同僚。时间的流逝并没有冲淡我和这些朋友之间的情谊，反而让我们靠得更近，连得更紧！

身在澳洲，每天早上打开手机，微信的提示音便不时地响起，那是来自远方朋友的问候，不时有朋友打听你的归期，还有朋友已准备好美酒，约定我归来后，一醉方休。

人过六十，功名地位，财富名望大致归零。在家时隔三岔五，朋友们总能聚在一起，谈儿孙，说家长里短，回忆往事，畅叙幽情。谈到深处便指点江山，激扬文字！

还有那浓浓的亲情。尽管远在万里，兄弟姐妹和侄儿外甥们用微信不时地嘘寒问暖，叮嘱我们注意身体。听说我和妻子不久要回家，外甥女便打电话主动请缨，让我们放心回家，就把她当女儿指使，有事只管吩咐！

人与动物最根本的区别在于人拥有社会属性，亲情和友情便是这种属性的具体体现，也是人本能之中不可或缺的较高层次的需求。我自得地在这融融乐乐的亲情和友情之中，尽享生活赋予我的这份恩赐！

四

我思念家乡的城，那是我生活的载体。

家乡有一条流经城区的江，它的名字叫汉江，是国内唯一一条全流域为二类水质的河流,这无疑是大自然给予家乡人最珍贵的馈赠。

家乡城里有一群人,那是一群"弄潮"的人,他们视汉江为得天独厚的天然浴场,投身汉江,组成了一支日益壮大的游泳队伍。这中间有男有女,有老有少,个个体格健壮,精神饱满,他们有着不服输的精神,在江中奋力划水,踊跃争先;他们有着坚韧执着的精神,每天都是自发来到江边;他们有着不畏艰险挑战极限的勇气,无论是狂风暴雨还是天寒地冻,总有人在汉江"弄潮"。这些"弄潮儿"无疑已经成为了汉江的一道风景。

而我便是这支队伍中最为痴迷的一员。我坚持游泳已有十年,一年三百六十五天基本从不缺席,在这拥抱大自然的游戏中,我收获了一帮真挚友善的新朋友,游出了健康的体魄,激活了一腔豪气,享受到了无穷无尽的幸福与快乐。

家乡城里有一条街叫沔街,那是一条美食街,在这条街上,湘菜、川菜、家乡菜、海鲜、火锅、烧烤应有尽有,可谓集中了餐饮的精华,每一名食客都可以找到属于自己的美味。

退休后闲来无事的我和朋友们便徜徉于沔街,找一间合胃口的酒家,叫上几碟菜,拿出一壶土制老酒,一边品着菜,一边美滋滋地喝起酒来。一杯下肚,那酒劲便缓缓地上头,一种云里雾里的快感油然而生……

家乡还有令人流连忘返的美景,有充分满足人购物欲望的商城……这座城几乎承载了所有能带给我快乐的元素。

五

我思念家乡的风情,那是我文学创作不竭的源泉。

当文学创作仅仅只是一种满足爱好,释放情感与思想的方式之后，它便不再是一种压力和负累，而是一种填充空虚生活的娱乐与满足倾诉欲望的享受。

我笔下写的都是发生在故乡的人和事，每当我在夜深人静闭目沉思的时候，故乡那一道道亮丽的风景，那一个个鲜活的人，那一件件让人无法释怀的往事便浮现在我的眼前。

我喜欢故乡人那种天不怕地不怕的闯劲，开放包容的胸怀，走遍四方的胆略，精明睿智的灵性。

时光若潺潺流水匆匆逝去，在故乡这块土地上每天都发生着精彩纷呈、动人心魄的故事，我每时每刻都在用我的眼光和头脑去观察和思考着，不间断地写着，或从记忆的深井里捡起几枚闪亮的贝壳，或从朋友不经意的叙述中深发开掘，或被现实的际遇触动而灵感乍现。我把这些感悟书写成文字，期待着用故乡人演绎出的故乡故事来再现故乡别具一格的风情。

然而当我离开了这块土地，我岂不像古希腊大力神赫拉克勒斯一样，双脚离开土地之后便不堪一击了？无源之水，无本之木的我还能找到那份创作的灵感吗？

那些天里，思念的潮水就这样不停地奔涌，我想，如果不是在万里之外的悉尼，不是那天空上偶尔掠过的南航客机，我思绪的大海里断然流淌不出这汪深情，因为在那日复一日，已然成习惯的生活里，你根本悟不出那其中固有的珍奇。

思念到深处，我甚至感到在国外我只不过是一具空空的躯壳，我的灵魂还飘逸在那万里之外的家乡。

最后我总算明白了，就像一棵树，你在这块土地上生长着，沐浴着这里的阳光、雨露、风霜，吸取着这里的土壤供给的养分，你的生命已经属于它！如果你离开了这片土地，定然会凋零枯萎。

我就要回来了，故乡！

站在这块神奇的土地上

——在母校沙湖中学建校 50 周年庆典上的讲话

站在这块神奇的土地上,我心荡漾,我心飞翔!

我想起了《故乡的云》那首歌:"我曾经豪情万丈,归来却空空的行囊,那故乡的风和故乡的云,为我抚平创伤……"是的,想当年我们离开母校的时候,意气风发,踌躇满志,有过多少作家的梦、诗人的梦、实业家的梦、科学家的梦、旅行的梦……

虽然不是每个人都实现了自己曾经的梦想,但依旧感谢母校为我们洗尽了漫漫人生中的失落、苦痛、疲惫与沮丧,让我们在这里谈人生,谈世界,谈现在,谈过去,谈你我之间发生的故事。在这里演绎台湾作家席慕蓉对人生的诠释:人生本来就是一次旅行,重要的不是是否到达终点,而是沿途看风景的心情。

站在这块神奇的土地上,我想起了古希腊神话中的赫拉克勒斯,他是著名的大力神,为宙斯一统天下,他几乎杀死了所有的敌人。他的力量来自哪里?来自大地!当他离开这块土地的时候,突然变得无能为力,不堪一击。

土地,是力量的来源,脚踏实地才能走得更远。

1997年3月18日组织上派我到故乡任镇长，我心里空荡荡的。因为我只有读书、教书、机关工作的经历，基层工作对我来说是一片空白，这对我来说将是一场莫大的挑战。

下午送走了客人，我独自一人来到母校，穿行在安静的校园里。循着旧时的路，我仿佛看到，两边剪得很整齐低矮的冬青小道；我仿佛看到，当年我们争抢的水泥乒乓球桌；我仿佛看到，当年那窄小拥挤的学生食堂，每天早上，我们只能喝着二两稀饭就着几根咸萝卜，望着那摆在案桌上的馒头咽口水。我们拖着饥饿的身体守望着这块神奇的土地，智慧的光芒照耀着我们饥渴的心灵。

我突然想到：作为一任镇长，能让老百姓吃得上馒头，过上好一点的生活，还有比这更重要的吗？

终于，我在这里找到了从政的着力点。于是，我在故乡首创了村账镇管、定项限额的财务管理办法，最大限度地减轻了村级债务，减轻了农民负担，让老百姓休养生息。我又在故乡首创了"鱼莲共生"的种植模式，最大限度地增加了农民的收入，让老百姓的钱包变得充实。感谢母校让我悟出了为官之道，让我找到了人生着力的方向！

站在这块神奇的土地上，我心荡漾，我心飞翔！

土地不会拒绝任何一个归来的游子，不会放弃任何一个热爱故乡的人。

我又想起了一个动人的故事。一个囚犯，经过改造后，他想痛改前非重新做人，最担心的就是这个社会是否能接受他。他首先想到了自己的母亲，他想，如果母亲都不接受我，这个社会断然不会接受我。于是他在监狱给母亲写了一封信，表达了自己浪子回头的决心，恳请母亲以宽阔的胸怀接纳自己。他在信中写道，如果你能接受我，请您在门前的大柳树下挂一根黄色的丝带。

刑满释放的那天，他怀着忐忑不安的心情，踏上了回家的路途。

离家越近，心跳得越快，当他刚拐进村口的小路，突然眼前一亮，沿着小路的第一棵小树上飘着一根黄丝带。他继续往前走，整整一公里多的路两边每棵树上都飘着黄丝带，他含着泪，投向了母亲的怀抱。

今天，我回到了母校，满眼都是迎风飘扬的黄丝带。其实，人间本来就是一个天堂，也是一座地狱。今天，我站在这里，又仿佛站在人生的一个新的起点。作为一名劳动保障工作者，我将以扩大就业再就业为己任，让更多的人实现就业再就业，找到生存根基；我将大力推进社会保障，让所有人老有所养、病有所医、失业有依靠；我将竭力维护劳动者的权益，构建和谐劳动关系，推动仙桃经济和谐健康发展。仙桃是生我养我的地方，而我也将用我的全力来回报这片土地。

站在这块神奇的土地上，我心荡漾，我心飞翔！

感谢母校在我人生道路上带给我的启示，并代表校友祝母校五十周年校庆取得圆满成功！

岁月之歌

一

易老师接到沙河中学六十周年校庆的邀请函时，眼泪夺眶而出。

沙河中学，那个让他刻骨铭心、魂牵梦绕的地方又在召唤他了。

人的命运，有时就像一粒尘埃被历史的巨浪裹挟着，时而被托举向巅峰，时而被抛入深深谷底。

易老师人生最辉煌的时刻应该是1955年，那时他刚十六岁，以优异的成绩考入武汉大学中文系，翩翩少年，意气风发，辉煌人生的红地毯已向这位天之骄子铺就。

他1米8的个子，戴一副深度近视眼镜，留一头随风飘逸的长发，一口湖南尾音很重的普通话，中气十足，极具特色。

少年得志的他完全就是一个在象牙塔里的书生，豪情万丈，意气风发，驰骋在文学的王国里。初入大学，他就大放异彩，陆续在《收获》杂志、《长江日报》副刊上发表多篇诗歌和散文。

而世事难料,人生注定沉浮,天之骄子也终究会被生活打磨。曾经人人羡慕的文学才子,转眼间跌落人生低谷,毕业后去了一个偏远的地方。

不过,十余年的艰辛生活并没有将他彻底击垮,他不仅娶了一个美丽、善良的妻子,还生得一女。1969年,他带着妻子儿女来到沙河中学。

二

沙河公社地处沔州县最为偏僻的南端,与洪湖和汉南接壤,是血吸虫病重灾区,因地垫低洼,常年被水患困扰。这里相对沔州县其他公社,既贫瘠,又闭塞,可谓沔州县的"西伯利亚"。

正是这样复杂的条件造就了沙河中学。

沙河中学接受了一批名校高才生。这些当年风华正茂的精英都被安排在这里任教,其中正有曾经的文学才子,易老师。

这个远离喧嚣恰似世外桃源的环境使易老师重新找到了自我,他一度压抑的青春热血又开始沸腾;他一度紧绷的神经开始放松;他一度埋没的才华又开始绽放。

他在学校组织诗朗诵活动,带头上台朗诵自己在大学期间创作的诗歌:

快扬起满帆,摆正船头,

江风,已伸出一只有力的手,

把理想升到桅杆顶端吧。

船就要驶进云外的码头。

哀怨悔叹的泪,只会被波涛卷走,

无畏的船帆,最好和逆风交结朋友,

拼命摇桨猛力撑篙吧,

在奋斗者心里,何曾有抛锚的港口!

在校园里他创办文学杂志《春笛》,以季刊的形式不断推出学生的佳作,鼓励扶持学生创作优秀作品。

在校园里,他组织文艺宣传队,自编、自导,自演、自奏,把一台台戏编导得生动活泼,有模有样。在当时各种层次组织的文艺汇演中,沙河中学文艺宣传队每次都可以轻松地从镇上演到县里,从县里演到地区。

他像一股清新的旋风,一扫那个时代的沉闷与窒息,带给学生无限的憧憬与期待,成为许多学生心中的明灯,人生的导师。

三

文京并不是易老师班上的学生,他只是易老师的一名粉丝,非常敬重崇拜易老师。他爱好文学,经常在易老师主办的季刊上发表作品,易老师也特别喜欢他,经常帮他修改评点作文,还将自己原来在大学创作的几本诗歌(在笔记本上写的)送给他看,而且,不断地给这位学生提供古今中外的世界名著让他阅读。

那些年,能看到的长篇小说只有浩然的《金光大道》,金进迈的《欧阳海之歌》,高玉宝的自传小说《高玉宝》等为数不多的几本。但易老师神秘兮兮地从他那个看上去十分破旧的箱子里拿出《林海雪原》《三家巷》《红旗谱》《野火春风渡古城》《普希金诗选》《复活》《巴黎圣母院》等给文京阅读,那时的文京像个饥渴的文化乞丐,在易老师的精心哺育下,健康地成长,并深深地播下了热爱文学的种子。

与文京交往,易老师常常同他谈论自己曾经的理想,人生经验,生活态度。每每谈到这些,他都会对文京说:"尽管我已离人生的理想渐行渐远，但我不后悔。文京，不管世道如何变迁，你始终记住，不要人云亦云随波逐流，你一定要学会思考，用自己的头脑去思考，用自己的眼光去判断，用自己的作为来担当！"

四

易老师在沙河中学的粉丝众多，他总是那么热心快肠，诲人不倦。尽管他历经人生浮沉，大起大落，但在他身上看不到颓废与潦倒，他的意志依然像钢铁般硬朗与坚强！

在沙河中学，有着崇尚知识的风气，有着鼓励独立思考的氛围。有一群优秀的老师，有一拨嗷嗷待哺的学生，这种可贵的坚持终于让他们收获了累累硕果。1977 年恢复高考，这个贫瘠而又偏远的小镇，出人意料地考上了 23 名大学生，有人民大学、武汉大学、哈尔滨工业大学、华南理工等后来的 985 大学，也有华中师大、武汉医学院等后来的 211 大学，以后连续几年高考，捷报频传，在当时的沔州县名列前茅！

高考的成功，让社会看到了这些被埋没的金子们，到 80 年代中期，这批曾经默默无闻的大雁，飞向了大城市，多数步入大学讲坛，也有一部分成为了省级重点中学骨干教师。

易老师回到湖南，成为一名大学教授。

五

易老师踏上了从湖南开向湖北的列车，他思念着那块土地，想念着那些曾经的老同事，牵挂着那些他曾付出过心血与汗水的学生。临行前，他还收到了校庆组织者之一的文京给他的一封信，上车后，他安顿好行李，打开信封，一字一句地默读起来。

敬爱的易老师：

您好！十分想念，一想到校庆能见到您，激动万分，期待着这次的相逢！

大学毕业后，尽管职业几经辗转，我仍在笔耕，我难忘那个年代，那所学校，还有以您为代表的那一群老师，怀着一颗感恩的心，我不能不向您倾诉我发自内心的感受。因为有了您及那批老师，我们这些莘莘学子看到了一片绿洲，找到了我们的精神家园，我们在你们撑起的知识殿堂里，享受了文化的佳肴，更品尝了思想的盛宴！是你们打开了我们心灵的窗，让我们看到了生活的阳光，找到了人生的支点，使我们在走向人生的奋斗场上，燃起了如火的热情和永不衰竭的斗志！是您及那批恩师，启迪了我们的思维，让我们懂得了知识固然重要，比知识更重要的是用自己的眼光去看这个世界，用自己的脑子去判断这个世界，用自己的思想去演绎这个世界，这就是我们在这个精神家园里最大的收获！

永远尊敬您的文京

列车缓缓前行，列车的广播里传出列车员职业却不乏温柔的提示：天源南站到了，请到站的旅客准备下车。易老师开始清点自己的行李，他知道，文京在车站口等着他。

列车进站，他看到了昔日英姿勃发，现仍然神采奕奕的文京向他招手，他的眼睛又一次模糊了。他向文京挥了挥手，他知道，在这所学校，还有他牵挂着的同事和许多学生在等着他，还没有走出过道，另两名学生已抢过他手中的行李搀扶着他上了车。这些学生告诉他，您过去的同事清华的季老师、复旦的杜老师……都已在学校等着您，还有一大批从这个温馨摇篮里孕育出来的精英也在门口迎候，他们中有省部级干部、有中国文物拍卖的泰斗、中国保险业的精英、中国作协的会员、国企的董事长……

踏上沙河中学这块土地,易老师围着校园边走边看,泪不停地流,他想用自己的双手拥抱这个学校,也想写一首激情的诗来讴歌这所学校,更想立一座碑来纪念这所学校……

他的同事们都懂易老师此刻的心情,知道这份情的分量有多重。他们一道用自己人生最闪亮的部分在这里写下了一首浩瀚的诗,诗中有悲有喜,有血有肉,有情有义,有爱有恨,读起来令人荡气回肠,回味无穷,感慨万千!

快笔如刀慰平生

——读《岁月留墨》随想

细细读完带着油墨香的《岁月留墨——回望六十年》，我不禁掩卷沉思。该书是杜佐标同志对自己人生六十年的回望，是一幅精彩的人生画卷，同时也勾勒出仙桃改革开放四十年波澜壮阔发展史的生动图景。

该书作者多年从事公文写作，但读罢此书，我被作者的文学才华震撼了！首先，书中的文字不仅准确、恰当、精练，承袭了公文的传统，而且生动鲜活、飘逸俊朗、富有浓郁的文学气息。无论是写工作，写生活，还是写爱情，读起来都给我一种美的享受。

其次，该书表现出的作者的文学才华还体现在贴切精当的引经据典上，信手拈来，却能给读者醍醐灌顶的启发。如写到细节决定成败，作者引用《帝国亡于铁钉》一书中的民谣："丢失了一个钉子，坏了一只蹄铁；坏了一只蹄铁，折了一匹战马；折了一匹战马，伤了一位骑士；伤了一位骑士，输了一场战斗；输了一场战斗，失了一个帝国。"再写到以包容之心淡化恩怨时，用了唐朝布袋和尚的一首禅诗："手把青秧插满田，低头便见水中天。六根清净方为

首,退步原来是向前。"文中类似这样经典的典故良多,处处给人
启迪。

该书的文学功底还体现在谋篇布局上。通读该书,我深感作
者谋篇布局的用心良苦。作者以人生路径为主线,用十一章的篇
幅,再现了作者人生六十年的工作与生活。每章都分几个部分予
以展开,各部分都有小标题,下面又有中心引语提示读者,结构完
整,条理清晰,让人一目了然。

我还被书中表现出的作者的勇气所折服。鲁迅先生曾道:"真
的猛士,敢于直面惨淡的人生。"作者面对自己起起伏伏的六十
年,所写所叙的是当今发生的事件,对于现实,他用锋利的笔写下
自己的态度,从不回避。

更难能可贵的是,对过去工作的功过是非,作者以自己的眼
光和头脑予以评判,没有刻意掩饰,充分展示了一个唯物主义者
无畏的胸怀。作者还敢于亮短,把自己工作中的失误也坦诚地向
读者交代,这是何等可贵的格局与胸怀!

全书贯穿始终的豪气也让我大受鼓舞。老骥伏枥,志在千里,
作者年近古稀,挥毫抒写过去的人生,这足以表明作者对人生积
极进取的态度。全书十一章,写工作,写生活,写爱情,没有沮丧,
没有抱怨,没有责难,洋溢着理想主义和乐观主义的情怀,充满了
正能量。对家庭,对同志,对领导,作者始终保持一颗赤诚忠良的
心,对自己的人生,作者这样写道:"回首过去,说不完的酸甜苦
辣,道不尽的众生相,多少烟尘飘进心底? 多少往事擦肩而过? 有
些事情除了自己,谁也不会懂;有些事情除了沉默,谁也不会说;
功与过,是与非,都成为渐行渐远的回望,除去铅华,我依然是
我。"一席话,豪情万丈,作者无私、无畏、无悔的人生观尽数显现!

这正是:快笔如刀慰平生,岁月留墨掀波澜;才气勇气豪气
在,手捧一书尽观瞻。

永不熄灭的圣火

——冬歌文苑六周年感怀

再过几天，就是冬歌文苑创办六周年的日子，我欣然动笔，用文字来表达我对冬歌文苑的感恩与赞美。

冬歌文苑是放飞理想的舞台。

但凡一个有思想的人，在他的生命中，总有一种坚定的爱好或追求，并会不断地去求索，去攀缘。就算是疲惫不堪了，头破血流了，看不到一丝光亮了，也依然不会放弃自己追寻的那片初心……

我对文学的爱好即如此。尽管岁月不断地消磨着我的意志，洗刷着我的激情；尽管为了生计，我必须从事社会赋予我的工作；尽管品味了那么多酸甜苦辣，经历了无数道沟沟坎坎，都没有动摇过我对文学的热爱，也没能冲淡我那坚如磐石的信念。

在我退休两年后，我觉得自己已经从过去繁杂的事务中走出来了，便重新拿起了笔，开启了新的文学之旅。

带着对父亲深切的思念，我提笔写就了一篇散文《心中的灯》，写完作品后，细读下来，我似乎找回了写作的感觉。正好当时我们大学同学以朱湘山老兄为主建了一个群，湘山兄将他发表在

《冬歌文苑》上的文章发在群里，我看了觉得档次很高，便将自己的文章发给他。他立即建议我投到冬歌文苑，并将孔东莉老师的微信推荐给我。我于是立马将文章发给了孔老师。一个星期后，作品便见刊了。我兴奋不已，将见刊的文章发给我所有的亲朋好友，那种成就感完全爆棚了，我写作的信心也倍增。

从此，我一发不可收拾，在短短两年多的时间里，在冬歌文苑上发表小说、散文作品三十多篇。是冬歌文苑让我的理想放飞，让我的文学爱好得以圆梦！

冬歌文苑是培养作家的摇篮。

有了冬歌文苑这个舞台，我信心倍增，灵感乍现，笔耕不辍。

功夫不负有心人，到2021年底，仙桃市作协发了一张表格，要我填写一年以来在省级以上刊物发表的作品，那一年我分别在《奔流》《长江丛刊》《楚天都市报》等省级以上的刊物上发表小说、散文、报告文学共六篇，加上冬歌文苑通过言实出版社结集的《鱼樵歌笙》上收录的三篇作品，共九篇，计八万多字。仙桃作协领导告诉我，我是当年全市在省级报纸杂志上发表作品最多的作者，通过评选，我被仙桃市授予年度最佳作家称号，市作协还催促我申报了湖北省作协会员，结果当年我便顺利地加入了湖北省作协。

就这样，冬歌文苑圆了我从少年就开始萌生的、一直所追求的作家梦，也使我成为了一名省级作协会员。

冬歌文苑是百花争艳的沃土。

尽管我很少对冬歌文苑的文章进行点评，但每期都会阅览。冬歌文苑是一个综合性的纯文学平台，有小说、散文、随笔、诗歌等多种体裁的作品，且作品的品位都很高。作为文学爱好者，我常常以学生的身份去欣赏文苑中那些充满激情的作品，并从中汲取营养，让其成为我写作的启迪或借鉴。

冬歌文苑有一批军旅作家，以黄玉东大校为首。他们的军旅情结十分深厚，不仅写军魂，也写军中的苦与乐，塑造了一个又一个有血有肉的军人和军嫂的形象。我们从这些作品中更加了解军人生活，对军人更加尊重与景仰。

冬歌文苑中有一群散文大师，如湘山兄游记的厚重与飘逸，孔东荆老师的纤细与柔情，陈红姐的寓生活真谛于琐事之中。还有张达富老师、邬守毕老师、石瑛老师、白锦刚老师、赵继平老师等等，他们的作品都是我常常拜读的。

文苑中还有一大批出色的诗人，其诗歌也让人大开眼界。焦红珍老师以一位女性诗人独有的见解，将一花一草，一物一景都赋予诗意，读来意境优美、情感丰富、寓意深刻，是一种艺术的享受。还有江亮等老师的诗也总给人以思想上的启迪。

冬歌文苑中还有雷体华先生和石瑛老师等文友创作的形象鲜活、性格鲜明、故事曲折、引人入胜的小说等等，不愧是一片百花争艳的沃土！

冬歌文苑是和谐共荣的家庭。

尽管文苑的作者来自五湖四海，遍布大江南北，也不曾谋面，但在黄玉冬大校的带领下，大家和谐相处，亲如一家。

文苑每推出一篇文章，文友们便纷纷发表读后感，在留言处进行提点、评述。这些留言既有对文友文章的肯定，也有对文章中肯的批评意见，更蕴含了四海之类皆兄弟姐妹的情谊，总让人回味无穷，温馨无限！

文苑对大家认可度较高的文章，还定期进行专题点评。每次的点评会仿佛就是一场 party，一个大家庭的聚会，一群有着共同志趣的兄弟姐妹的友谊大餐！

文苑对大家庭的每一位成员表现出了极大的关爱与扶持。为了让大家的作品能有更高的认可度，文苑每年都会将所发的作品优中选优，由国家级出版社出版一本精选的文集，为文友们争取提高影响力，为各位文友冲击各级作协会员奠定坚实的基础。

冬歌文苑是千帆竞发的大海。

冬歌文苑既是一个百花齐放的芳草地，又是一个文字比拼的竞技场。只要进入文苑的文友，都有一个共同的感受，那就是要对得起文苑，必须使出全身的解数，奉献给文友们最出色的文字。

文苑设置了头条制度，让文友们争取头条、关注头条，让头条成为文友们暗自比拼、相互争取的一个崇高的位置。

文苑会透明地公布文章的阅读量，并对阅读量比较大的作者予以充分肯定和鼓励，并作为评点会的首选文章的候选，让人们钦佩与艳羡，这一举措引导着作者写出深受大众欢迎与认可的文章。

文苑还不时在群内推出艺术性较高的文章作为旗帜，引导大家去欣赏、品味、学习、借鉴，通过交流与讨论，共同提高写作技巧，丰富写作素材，提高写作能力。

当你走进文苑，你会不自觉地感受到一种牵引力、使命感，它始终敦促你不能辜负，不敢愧对，推动你绞尽脑汁，写出最优最美的作品，奉献给文苑中的文友们。

冬歌文苑是净化心灵的港湾。

我们处在一个信息繁杂的时代，在这物欲横流、竞争压力巨大的世界里，多少人期待着求得一份心灵上的宁静，一份精神上的慰藉。

每当我想从烦恼中走出来时，我总是点开冬歌文苑的网页，期待在这里寻求一剂抚慰心灵的良药。

这里有驰名中外的名胜古迹向你展示，不仅让你领略无限风光，更让你由浅入深，看到这些名胜背后的厚重历史与精深文化。

这里有从将军到士兵的军旅生活，既让你领略战场上生死置之度外的军人豪气，又让你感受到战士们崇高的精神境界。

这里有意境优美、激情四溢的诗情画意,有五味杂陈的人生百态,有波澜壮阔的历史画卷,有再现当代人生活的风俗画卷……只要你徜徉其间,便可进入宠辱皆忘、神清气爽、宁静而崇高的精神境界!

愿冬歌文苑永远呵护着我们走向快乐与高尚的人生!

解开封存久远的心结

——《故乡有棵木子树》后记

从工作岗位退休后，每当一个人坐下来就会进入一种莫名的冥想状态，过去经历过的一些人和事总像走马灯似的在我脑海里闪现，它们仿佛在期待着我、召唤着我、祈求着我、催促着我用文字再现出来。日积月累，这一个个的人、一件件的往事也就成为了一个又一个心结，它们折磨着我，让我欲罢不能。有时，在那漫漫的长夜里，我辗转反侧，无法入眠，只能无奈地瞪着双眼，一边回忆往事，一边望着那黑暗的屋顶发呆至天明。

无法逃避的我终于还是拿起了久违的笔，期待着用它来解开这封存久远的心结。

拿起笔，我首先想到的是那些离我而去的亲人，尽管他们默默无闻地离开了尘世，然而他们在世时是那么善良、朴实、聪慧、勤劳、充满爱心，作为后人，我完全有责任为他们留下一点文字让活着的人分享，进而成为一种传承。

于是我写下了《心中的灯》，写我的父亲在那特殊的年代忍辱负重，为儿女铺就一条顺利成长的康庄大道。写下了《母亲》，写我的母亲是怎样完成由大家闺秀到贫苦主妇的骤变，我在文章中再现了母亲所经历的一般人远远无法承受的苦难，以及她的孩子们都长大成人成才后苦尽甘来的际遇。我还写了《岳母》，记叙了一位只字不识却无比善良、朴实，且心怀宽广，格局博大的小脚女前辈。尽管她一生饱受磨难，却十分难能可贵地做到了不断地向与她有过交集的人们释放着爱与温暖。

除了亲人，我还写了曾经对我人生产生过深远影响的那些贵人。《表哥》讲述了一位在我心目中十分可敬的成功人士，他是地道的农民的儿子，从抗美援朝的军人成长为湖北省一所重点大学的党委副书记，去世前立下遗嘱将自己生前六十多万元存款全额捐赠到湖南老家建了一所希望小学。在人生跋涉的旅途中，我始终把他作为一个偶像，一个标杆，是他点亮了我的人生。在《岁月如歌》一文中我写了一位培植过我文学爱好的易老师。在《永不消逝的眷恋》里我写了一位与我相濡以沫的发小，除了友谊，他还给了我很多的激励与理解。在《往事如烟》一文中，我写了一个无端蔑视我的知青，没想到正是他对我近乎诅咒的一句话成为我不断奋斗进取的巨大动力。

在我风雨兼程的人生中，有幸与很多善良、朴实、睿智、真诚的人相遇，今后必定还会有人在我笔下粉墨登场。

除了难忘的人，还有一些难忘的事也成为我散文写作的重要内容。

但凡让人刻骨铭心的那些往事，往往深深打上时代的烙印。我在《故乡有棵木子树》一文中写了一棵年代久远的木子树下发生的三个故事，每个故事都十分凄婉、悲凉，真实地再现了那个特殊年代人性被践踏被扭曲的残酷现实。在《快乐的回馈》一文中，我写了一件发生在自己身上的感恩往事，记叙了人间的温暖，也展示了难能可贵的人间真情。

故乡有棵木子树

我的人生曾经历过多个职场，可谓丰富多彩。回顾起来，有些往事的确有回味与咀嚼的价值。《境界》一文回顾了我在中学教书时，四个学生因为我的努力命运发生改变的故事，得出一名优秀的教师应达到教书、育人、引路这三重境界的结论。《驭洪魔　显担当》一文记载了作为镇党委书记的我在"九八抗洪"中的一段惊心动魄的往事，面对险恶的条件、严峻的形势，我带领近万名干部群众苦战一百天，终于战胜了洪魔。

　　新冠疫情让全人类经历了一场空前的劫难，我以为劫难之后应该留下一些文字，让人们不轻易忘记这场深重的灾难。于是我与老同学朱湘山先生合作了《彭场十日》，书写了疫情期间的一群小人物，他们中有小企业主、有基层干部、有普通工人，正是这些普通人在不到半个月的时间里，克服重重困难，从无到有，艰苦卓绝地完成了上级交给他们日生产防护服千万件的艰巨任务，保障了武汉方舱医院的供给，在采访调查过程中，我们深深地被他们那种大局观与无私的奉献精神所感动。记载这段往事可以让人们看到在大灾难面前人们的同舟共济和特有的担当，更能释放一种超乎想象的能量。

　　我因探亲去澳洲悉尼待了一百多天，利用这个机会，我留意观察了这个国度，分十章对澳洲的方方面面进行了走马观花式的展现，写成《澳洲拾零》，期待人们读后对澳洲有一个大致的了解。

　　经历对我是一笔巨大的财富，也是我写作取之不尽用之不竭的源泉，我会不断地挖掘、采集，把更多有意义的文字奉献给读者。

　　对生活的感悟，对人生的思考，也是我重点写作的内容，我总期待把自以为能引起读者共鸣的人生感悟奉献给读者，这是一件十分快乐的事情。

　　人们常说，人生并无意义，但万事万物对生命的追求与留恋已经是不争的铁律，生命始终是无比坚韧的。平时我在行走中不断地感受到这种生命的张力，于是有感而发，写下《感悟生命》。

人类在艰难的跋涉和痛苦的求索中总在追求不断地走向文明与进步，人类是否有共同的价值观？我的答案是肯定的，文明与进步的理念和生存方式肯定会汇成滚滚洪流，势不可当，为全人类所接受。在这个观念下，我写了《婚礼絮语》。

时下人们为子女何去何从而纠结，我以自己的亲身经历写下了《风筝》，试图表达出这样一种观念：儿女既是家的下辈，也是国家的公民。但他们的属性是人类，是属于全人类的，一旦长大成人，何去何从的选择权在他们自己手中，作为家长，你祝愿他们幸福就好。

如何将孩子教育成才是当前家长十分关注的话题，我从邻居家庭教育成功的实践中得到启示，写下了《教育的真谛》，将其成功的经验归纳为"育性"二字，并从多个方面阐述了"育性"的要领，操作性极强，相信家长们读后会从中受益。

《我们游泳去》写了包括本人在内的一群游泳人，他们无论盛夏隆冬，都在汉江上劈波斩浪，个个身强体壮。我从这件事悟出生活本来就是一根根成熟的甘蔗，只有咀嚼我们才能品味其中的甘甜。

写散文，在技法上我没有什么刻意的追求，只是力求做到言简意赅，通俗易懂，结构谨严，不枝不蔓。我特别注重的是文章思想的深度与理念的精度，注重能唤起读者的共鸣。

退休后我拿笔不过三年时间，应该算是一名写作的新手，斗胆把这些稚嫩的文字展示给读者，实在抱愧，还望大家海涵，并提出宝贵意见。

借集子出版之机，我要特别感谢黄玉冬先生，他通过其主办的冬歌文苑这个优质的文学平台不断地推出我的作品，给我以创作的信心与鼓励；我也想要特别感谢万晶琳女士，她为本书的出版上下奔走，付出了极大的心血与努力；我感谢樊星先生，您精彩的序言为我的作品增光添彩；我还要感谢团结出版社的编辑，尽管我们素昧平生，但是你们的工作使我的作品顺利问世；我还要感谢平时那些关注我作品的同学、同事、朋友们，是你们不断的鼓励与鞭策给了我创作的动力。